Um beijo de colombina

Adriana Lisboa

Um beijo de colombina

2ª edição

ALFAGUARA

ALFAGUARA

Grafia atualizada segundo o Acordo Ortográfico da Língua Portuguesa de 1990, que entrou em vigor no Brasil em 2009.

Todos os direitos desta edição reservados à
Editora Objetiva Ltda.
Rua Cosme Velho, 103
Rio de Janeiro — RJ — Cep: 22241-090
Tel.: (21) 2199-7824 — Fax: (21) 2199-7825
www.objetiva.com.br

Capa
Marianne Lépine

Imagem de capa
Julian Finney/Getty Images

Revisão
Joana Milli
Rogério Amorim
Dayana Santos

Editoração eletrônica
Abreu's System Ltda.

Este livro foi concluído com o apoio do Programa de Bolsas para Escritores Brasileiros da Fundação Biblioteca Nacional.

CIP-BRASIL. CATALOGAÇÃO-NA-FONTE
SINDICATO NACIONAL DOS EDITORES DE LIVROS, RJ

L75

Lisboa, Adriana
Um beijo de colombina / Adriana Lisboa. – 2. ed. – Rio de Janeiro: Objetiva, 2015.

180p. ISBN 978-85-7962-402-5

1. Ficção brasileira. I. Título.

15-22501 CDD: 869.93
CDU: 821.134.3(81)-3

Minha profunda gratidão a
Flávio Carneiro,
Beatriz Resende e Gustavo Bernardo

A chama que em suave lampejo
A esquálida tez me ilumina,
Não a ateou febre nem desejo
— Mas um beijo de Colombina.

"Pierrot branco", Manuel Bandeira

Sumário

Maçã

O quarto verso do poema falava de pequenas pevides dentro da maçã. Eu não conhecia aquela palavra, pevides. O livro era de Teresa e estava sobre a mesa da cozinha, junto com um saca-rolhas e um porta-guardanapos sem guardanapos e uma lista de compras da qual constavam, entre outras coisas, vinho e guardanapos.

Teresa dormia, eram cinco e quinze da tarde de uma sexta-feira do mês de maio. Ela andava tendo umas noites ruins, compridas e insones, assoladas por um medo que não sabia explicar. Desses que acometem as pessoas de tempos em tempos, uns dizem que é uma conjunção planetária específica, outros que é uma tensão específica, outros descobrem monstros psicológicos abissais ou uma vontade secreta que agita a superfície das águas. E então ela compensava trancando-se na cama durante o dia, no meio da tarde. Feito um bicho. Um urso hibernando. Um caramujo lá dentro da concha.

Cheguei da rua, não quis incomodá-la, fui me sentar na cozinha e despejei um pouco de café frio num daqueles copinhos de cachaça que usávamos no lugar das xícaras. O café tampou as letras do fundo do copo, e o logotipo escrito ali, e um número, e um nome, Brazil. Esquentei o café no micro-ondas e peguei o livro, quase que por acaso. Sobre a mesa, formigas miúdas fechavam o cerco em torno de um pingo cor-de-rosa de iogurte. Num apartamento do prédio em frente, um homem embalava uma criança nos braços, era possível ver sua silhueta recortada contra a sala iluminada, no crepúsculo.

Talvez por causa do poema em que meus olhos foram dar depois que abri o livro casualmente na página 142, resolvi comer uma maçã. E repeti, lembro-me bem: *Dentro de ti, em pequenas pevides, palpita a vida prodigiosa, infinitamente.*

Morder o seio tenso da fruta e lamber sua pele doce e úmida equivalia a tentar desvendar um segredo. Que segredo seria aquele, que segredo-pevide do qual eu nem mesmo suspeitava, e que me aguardava apenas, no meio do mundo, no meio da minha vida, no meio da tarde? Aguardava, talvez, os dentes que viessem desenterrá-lo, como o coração de qualquer fruta.

As pequenas pevides aguardavam, pequenas promessas prontas a explodir. Mas não explodiam: seguiam sendo promessas, simples promessas de outra maçã dentro daquela maçã, como as bonecas russas que vão saindo umas de dentro das outras. Como as pessoas que somos, e que vão saindo umas de dentro das outras ao longo dos anos. Ao longo das horas.

No dia seguinte, Teresa morreu.

Uma simples sexta-feira do mês de maio. Depois tudo se tornou difuso, confuso, absurdo até, mas naquele dia não tinha sido nada anormal ouvir o despertador tocar às quinze para as sete, levantar-me da cama, depois receber o bom-dia pastoso com que Teresa me afagava, ficar olhando até ela mergulhar outra vez no sono, em seguida fazer a barba e repetir o programa quase automatizado das minhas manhãs de sexta-feira. Colocar na bolsa os livros para ensinar aquele idioma que quase ninguém mais estudava. Ir me encontrar com os seminaristas. *Quam quisque norit artem, in hac se exerceat.*

Quem aprende uma arte, que nela se exerça.

Quando aconteceu o acidente, o afogamento, fazia oito meses que morávamos juntos. Tudo tinha começado numa festa, Teresa bebendo uísque. Aniversário de alguém. Teresa bebendo cerveja. Um batidão tecno que me deixava quase maluco. Teresa bebendo vodca. Teresa vomitando no banheiro de um posto de gasolina e ardendo de dor de cabeça no dia seguinte. A noite acabara de maneira não muito clara, mas o fato é que, pela manhã, eu ali estava, no apartamento dela, em meio a um monte de guimbas de cigarro.

Estávamos na mesma cama, vestidos, e não tínhamos dormido *juntos*, isto é, feito sexo, mas apenas *dormido* juntos. Bebemos meia garrafa d'água cada um ao acordar. A dor de cabeça de Teresa passou depois de um analgésico, café, uns pães que fui comprar na padaria da esquina e um banho frio.

Foi então que conheci Teresa, em toda sua intensidade e doçura — pois Teresa também era isso: doçura. Ela parecia bossa nova. Parecia uma música de Tom Jobim. E por que é que eu também não fui feliz? Bobagem achar que a vida cabe num verso, cabe no bolso, cabe no espaço que sobra entre dois corpos quando nenhum espaço parece separá-los.

Hoje é o tempo de colher as dúvidas. Sinto como se estivesse metido em mim mesmo por pura inércia, seguindo adiante porque me deram duas pernas e ossos e músculos que movem as pernas e sinapses e nervos e um cérebro. Não sei se um dia fui outro homem ou uma mulher ou um vaga-lume. *Não sei se medito, se morro de espanto ou se venho de muito longe.*

No começo, tudo era claro, quase transparente, inofensivo e bom. Mas hoje as dúvidas vão brotando do chão em muitas cores, povoam todo o espaço até onde meus olhos enxergam e além, e eu me surpreendo achando que preciso duvidar até mesmo delas, das dúvidas, por não serem um bem que eu possa contabilizar. Elas vão se multiplicando, curiosamente, dentro do espectro de uma única certeza. A certeza que me dói, que me morde feito úlcera.

O que foi que aconteceu, de fato, nesses últimos oito meses? Para que eles desaguassem aqui? Talvez tudo não passe de uma impressão mais ou menos vaga de alguma coisa, um movimento quase imperceptível em meio ao enorme pensamento do universo (uma vez um físico famoso disse isso, que o universo era feito um enorme pensamento).

E se ganhar e perder Teresa na verdade não mudou quase nada? E se este momento já estava, digamos, predestinado, gravado por aí em algum roteiro celeste? Teresa bossa nova, oito meses e hoje já aprendi a relativizar o tempo. Bobagem achar que o tempo cabe no tempo. Teresa bem poderia ter sido só a mão que empurra, que segura as pálpebras do outro bem abertas e diz olhe, as coisas jamais são o que parecem. Você é capaz de compreender isso e continuar andando do mesmo jeito pelas calçadas, desviando-se dos cocôs de cachorro, dos camelôs e dos mendigos, reparando num despacho na encruzilhada, olhando eletrodomésticos nas vitrines, adolescentes bonitas, xingando o carro que quase te atropela ao furar o sinal? Teresa poderia ter sido apenas essa pergunta. Uma pergunta bem simples, aliás.

A primeira vez que vi Teresa, reparei nas pernas. Achei estúpidas. Mais curioso ainda, achei que a cara parecia uma perna. Na festa, ela dançava. Eu devia apagar dos ouvidos a música tecno e inventar outra trilha sonora para Teresa. Ela dançava sozinha no meio de todo mundo com aquelas suas pernas estúpidas que terminavam em pés metidos num par inacreditável (e estúpido) de saltos. Até hoje não sei como as mulheres conseguem, os saltos. Dançar, ainda por cima. Acabei inventando mesmo uma trilha sonora para Teresa, quando, no dia seguinte, descobri que ela era bossa nova.

Mais tarde, invadi sua estante de CDs com um silencioso carregamento de Joões Gilbertos e Tons Jobins. Também levei Stravinski e Pixinguinha. Ensinei para Teresa que a gente não deve dizer chorinho, que o nome é choro, sem diminutivo.

Quando Teresa morreu, pus para tocar o *Requiem* de Stravinski. Foi o enterro dela, porque não chegaram a encontrar o corpo, perdido nas águas de Mangaratiba. Ouvi Stravinski. E chorei, é claro.

Belo belo

Isto é, se for mesmo preciso ver as coisas desse jeito, recordaria a sábia cachorrinha Boy, velha amiga de Teresa, se estivesse comigo agora. Diria isso com um silêncio de cão, a cabeça preta enterrada entre as patas e os olhos marrons se mexendo para cá e para lá, acompanhando um barulho ou um bicho que passasse voando.

Lembro-me de que o poeta cantarolou: *Belo belo belo, tenho tudo quanto quero.* Mais tarde, porém, o mesmo poeta escreveu: *Belo belo belo, tenho tudo que não quero, não tenho nada que quero.* Isso também está no livro.

O livro. É de Manuel Bandeira, suas poesias reunidas e poemas traduzidos. De tanto que Teresa mexeu nele, a capa já está desgrudando. Ela assinalava suas preferências com uma exclamação ao lado, escrevia a lápis comentários herméticos que serviam só para ela, cobria versos com trilhas fluorescentes verdes ou amarelas, às vezes cor-de-rosa, que vão desbotando com o tempo. Como a memória de um verde-limão sobre as traduções feitas por Bandeira dos haicais de Bashô. Páginas especiais ganhavam orelhas triangulares, Teresa dobrava a pontinha da folha.

Depois daquele sábado em Mangaratiba, e de tudo que explodiu dentro dele como um sublime grotesco, um lixo de luxo, o livro, *Estrela da vida inteira,* tornou-se minha estrela. Meu guia de Teresa. E talvez eu nem fosse persegui-la, essa estrela, essa vida inteira, se as pequenas pevides não tivessem explodido com tamanha intensidade, vida ao avesso. Mas a cigarra, em seu canto, escreveu Bashô, traduziu Bandeira, se bem que não exatamente assim, mas escutem: em seu canto, a cigarra não revela que vai morrer.

Antes de mim, havia outra Teresa em sua vida.

Gozado, comentei, quando ela me contou.

Não é?, concordou ela.

E de repente me lembrei do meu avô, falecido havia tantos anos, fiquei imaginando o que ele pensaria se soubesse que eu estava vivendo com uma mulher que vivera antes com outra mulher. Lembrei-me da minha avó, torcendo o nariz diante das moças que apareciam na televisão usando biquíni. Não os coloquei na balança do julgamento, só me lembrei, com um carinho neutro. Meu avô e minha avó em Petrópolis, no meio da minha infância, um pintando paisagens em telas, a óleo, depois de aposentado, e tão magrinho, sempre com um cigarro na boca, a outra com um vestido preto de poás brancos e um lencinho na cabeça, reclamando de enxaqueca, coçando as minhas costas antes de dormir e picando queijo prato para mim dentro da sopa de legumes — virava queijo fiapo, como nós dois dizíamos, espécie de denominação secreta, um código só nosso.

Não cheguei a conhecer pessoalmente a Teresa Dois, embora ela e sua ex tivessem continuado amigas e se falassem de tempos em tempos. O professor de latim passou rápido demais pela vida da Teresa Um. Mas cheguei a ver fotos das duas numas férias mais ou menos recentes, na Serra Gaúcha. Fiquei com um pouco de ciúme.

Bobagem, já acabou, disse a minha Teresa.

Teresa Dois era um pouco mais velha, andava lá pelos quarenta e poucos. Tinha um corpo longilíneo de professora de ioga, foi o que vi nas fotos. E tinha uma filha que morava na Tailândia.

Gozado, comentei, quando Teresa me contou.

Não é?, ela concordou.

A gente costuma ouvir dizer que as pessoas foram morar nos Estados Unidos, na Inglaterra, em Portugal, mas nunca conheci ninguém que tivesse ido morar na Tailândia.

Pois é, mas lá é tão bonito, eu e Teresa fomos visitar a filha dela faz dois anos.

Mostrou-me uma foto das três fazendo topless numa praia, de costas, sentadas na areia. De acordo com as fantasias masculinas mais recorrentes, eu devia ter ficado pelo menos um pouco excitado. Três mulheres seminuas, uma delas ainda bem jovem, com jeito de adolescente, de pós-Lolita na flor da indecisão, mas não. Senti foi um pouco de ciúme.

Bobagem, disse Teresa, já acabou.

E voltou para o computador.

Nos oito meses em que morei com Teresa, em Vila Isabel, fiquei conhecendo o velho da papelaria. A papelaria não tinha nada que enchesse os olhos. Umas mercadorias cansadas distribuídas pelas prateleiras em meio a grandes espaços vazios. De vez em quando eu ia ali tirar xerox de alguma coisa. Era melhor do que ir à supercopiadora do shopping, refrigerada e poderosa, cheia de nomes estranhos, plotagem, galhardete, backlight, transfer, laser film — eu fazia cerimônia, era como se estivesse de bermuda e camiseta numa festa de gente chique.

Na papelaria, só tinha xerox comum. Dez centavos por cópia. O velho da papelaria era de poucas palavras. Eu gostava de ir ali e ficar olhando as prateleiras meio vazias, havia cadernos bem simples, envelopes organizados por tamanho, havia também canecas coloridas, caminhõezinhos de plástico e umas bonecas que vinham dentro de caixas de fósforo. Havia cartelas de adesivos e blocos com escudos de times de futebol na capa.

À tarde, batia sol na papelaria, o velho baixava o toldo. Para chegar lá, eu atravessava a pé o posto de gasolina, onde quase sempre havia um carro sendo ensaboado e onde uma vez vi uma funcionária, uma daquelas que tentavam a todo custo ficar bonitas dentro do uniforme de lycra muito apertado, discutindo feio com outro funcionário. Ela xingava de um lado, ele devolvia.

Logo ali ao lado rugia o tráfego, aceleravam os ônibus, piscavam os sinais. Vermelho. Verde. Amarelo. Vermelho. Dependendo da hora do dia, vinham as crianças de uniforme, rebocando suas mochilas de rodinhas e sendo rebocadas em geral por uma mulher adulta, mãe, empregada, avó. Babás, jamais.

E no meio de tudo estava o velho da papelaria, no mormaço do seu balcão, querendo quem sabe dormir, querendo beber um guaraná, não querendo talvez nada além de estar ali em seu posto de coisa defasada, em seu antibacklight e antilaser films. Em toda sua falta de ar-refrigerado, a calçada rachada, seus olhos baixos, seu corpo magro, o toldo cor de laranja afastando um pouquinho o sol mas amplificando o calor. Dez centavos a cópia xerox, favor facilitar o troco, dizia o cartaz às suas costas.

Tlec, tlec, tlec. Ela estava revisando o novo romance. Tinha uns horários engraçados para escrever. Como andava dormindo mal, às vezes levantava tarde, mas às vezes muito cedo, antes das seis. Meio irritada, reclamando da buzina dos carros na rua (que nem eram tantas assim) e dos vizinhos de cima, que segundo ela pisavam no chão com muita força. Aí ia escrever, dizia que isso a acalmava, que funcionava como colo de mãe, divã de analista e torpor de uma taça de vinho, três das coisas fundamentais da vida. Evoé, Baco!

Tlec, tlec, tlec, fazia o teclado do computador quando eu acordava, pesado de sono, e passava diante da porta do escritório. Ela percebia o meu vulto e dizia bom-dia sem se virar, estava no meio de um substantivo crucial ou de uma metáfora que valia muitíssimo a pena (ou que não valia em absoluto, e ela precisava se desapegar, decepar as palavras, extirpá-las, sem dó nem piedade). Eu sorria. Mais tarde Teresa voltava para a cama. Nos dias em que eu não tinha que dar aula cedo, às vezes me deitava com ela, e os céus se misturavam com a terra e o espírito de Deus voltava a se mover sobre a face das águas.

Ela digitava com o indicador da mão esquerda e o dedo médio da mão direita. O punho esquerdo ficava apoiado na mesa, e só a mão direita tinha liberdade para esvoaçar sobre o teclado, ia, vinha, mexia no mouse. Um dia ela ainda ia arranjar um problema qualquer por causa disso, uma síndrome de alguma coisa, diziam os amigos. Enquanto não arranjava, ia em frente.

O livro novo já estava quase concluído quando nos conhecemos, naquela festa. Teresa me falou menos dele do que de seu próximo projeto, um romance baseado em poemas de Manuel Bandeira.

Interessante, comentei, e estava sendo sincero. Quer dizer, inventar uma história com começo, meio e fim a partir de poemas.

E ela me respondeu com um sorriso meio torto em que fiquei inutilmente tentando localizar o começo, o meio e o fim.

Minha relação com as palavras sempre fora bem diferente. Nunca tinha tido vontade de escrever, nem ficção, nem poesia, nem nada. Estava do lado de lá, era só leitor e ponto final. Eu também estudei as palavras, me formei em Letras, assim como Teresa, mas nunca fui um ambicioso de verdade, fui fazendo o meu curso pelo meio, não era um aluno excelente, não era um aluno de todo mau, aí simpatizei com o latim e as coisas se ajeitaram sem muito alarde. Havia um lugar para mim, aparentemente. Um lugar no mundo para um professor de latim. Parecia incrível.

Teresa dava aulas particulares de português para pagar o tempo do tlec, tlec, tlec. Também não devia ser má professora, porque cobrava caro e mesmo assim tinha sob sua batuta pelo menos uns vinte adolescentes em fase de vestibular, enlouquecidos, exaustos, quase todos cem por cento avessos ao estudo do português e reincidindo nos mesmos erros de concordância, embora fossem afiados naqueles cálculos químicos complicadíssimos. Cada dia as aulas eram num horário diferente, mas sempre em casa, o vaivém do trânsito a incomodava, e ela perderia um tempo precioso (de sono ou de tlec, tlec, tlec) se ficasse se deslocando semanalmente para vinte casas diferentes. Cada dia o sono era num horário diferente, e a escrita também. Disso Teresa gostava, não tinha jeito para cartão de ponto.

No começo, essa rotineira falta de rotina me assustou um pouco, e quando comecei a achar que era possível me habituar, tudo mudou, em novembro ela ganhou o primeiro prêmio, no princípio de dezembro, como se fosse mágica — como se fosse romance —, o segundo, e os alunos de português viraram águas passadas. Mas eu teria me habituado, de qualquer modo. Por acaso poderia não me habituar? Poderia qualquer outra coisa que não fosse sucumbir aos fatos, às casualidades, ao ciclo dos dias que vão envelhecendo simplesmente porque sim?

Quando eu me sentei diante do teclado do computador que guardava para os incautos, feito um monstro predador de tocaia, uma síndrome de qualquer coisa, segundo os amigos de Teresa, o que queria era rastrear tudo desde o princípio. E por isso comecei a reviver as letras maiúsculas e as minúsculas, Tailândia, festa, vestibulandos, prêmios literários, até a papelaria depois do posto de gasolina. Queria ver se, contando Teresa no território dela, alguma luz se acendia. E agora prossigo, mesmo sem teclado, sem computador, escrevendo à mão. Mas de que adianta? Não me parece ser possível retirar uma espécie de moral da história destes meses que não se encaixam em nada.

Não quero combater, não quero ser soldado. Hoje é também verdade que não quero amar e não quero ser amado — será? E o que é mesmo isso, o amor? Uma mancha escura no sol. Uma nuvem esgarçada que a tarde vai corrompendo. *Chama — e, depois, fumaça.*

Eu abro o livro de poesia, acho os versos, quase todos cabem em mim. É como essas pessoas que querem um conselho, ou um pensamento para ajudar o dia, e abrem a Bíblia a esmo, e diante do que leem afirmam que era justamente do que precisavam.

Nem sei se amei Teresa (amei, é claro), se ainda a amo, se vou amá-la sempre, desta maneira enviesada. Ou se, por outro lado, tenho por ela raiva, ou mágoa, ou desprezo — vendo a situação sob o ângulo que tenho evitado, isso seria mais do que natural (e mais natural do que o amor). Mais do que natural, vendo a situação depois do que aconteceu, e estou certo de que aconteceu, embora fique sempre evitando a reflexão sobre os motivos. E nem precisaria ser uma reflexão muito comprida. Psicanálise? Terapias? Que nada. Bastariam cinco segundos de um reconhecimento que eu fico adiando, adiando, adiando.

O fato é que ainda tenho nas mãos, no corpo, muita coisa de Teresa. Como poderia ser diferente? E é por isso que um dia me finquei diante daquele computador estúpido e comecei a digitar agilmente (estudei datilografia quando adolescente, meu pai era dono de um curso que depois faliu) palavras que não tinham muita razão de existir. E me surpreendia vacilando. Jamais quis ser soldado.

Na primeira tarde que passei em casa sem Teresa, depois do acidente, eu me sentei no chão da sala, diante da porta da varanda, e fiquei olhando o morro que escurecia devagar. Nunca descobri o nome daquele morro. Só sei que a estrada Grajaú-Jacarepaguá passava por ali, depois ricocheteava num canto e ia sumir no meio do mato. Agora, em meu quarto de hotel, lembro-me daquele morro escuro e embaçado e das vilas que também podia ver dali, daquele pequeno planeta fincado no sétimo andar de um prédio de dez andares e quarenta apartamentos. No primeiro andar do prédio onde morei com Teresa, alguém tinha um papagaio que sabia assoviar o hino do Flamengo. Assim: "Uma vez Flamengo, Flamengo até" (e parava, e voltava, repetia, repetia). Do outro lado da rua havia uma casa com uma enorme piscina de água podre.

Havia uma mangueira azul mergulhada na piscina e essa mangueira ficou no mesmo lugar desde a primeira vez em que a notei até o dia em que fui embora do apartamento. Meses a fio. Só uma vez vi alguém ali, naquela casa, era um homem. Havia um pedaço de pano azul sobre uma cadeira de ferro pintada de branco, ao lado da piscina, devia ser uma camisa. Depois que aquele homem veio e se foi, ficou outro pedaço de pano azul sobre outra cadeira.

As contas continuaram chegando com o nome de Teresa.

Uma andorinha, uma só, voa diante da janela de meu quarto. Na rua do hotel, a vida passa quase à toa. Sem pressa. Escuto o amolador de facas. Crianças brincando.

Teresa colecionava pesos de papel, havia um monte deles sobre a mesa. Ficaram lá. Eu também não tirei do lugar o livro que ela lia antes daquela fatídica tarde em Mangaratiba.

Fatídica tarde, eu digo, e me detenho: qual tarde teria sido a mais fatídica? O relógio continuou funcionando depois dela. O xampu que Teresa usava ficou dentro do box do chuveiro, um xampu cor-de-rosa com cheiro de fruta. Secretária eletrônica nós não tínhamos, mas, se tivéssemos, a voz dela ainda estaria gravada dizendo no momento não podemos atender, deixe seu recado após o sinal. Os escritos de Teresa ainda estavam vivos nas entranhas do computador. O remédio que Teresa usava para tratar uma micose ainda estava na bancada de mármore da pia do banheiro. Tioconazol, creme dermatológico, 1%, contém 30g. Uso tópico.

Posso arrolar alguns adjetivos a fim de mascarar Teresa: era bonita, sim, todo mundo achava. Mas não dessa beleza hostil que têm determinadas pessoas, não de uma beleza exagerada e desumana (inumana, sobre-humana?), uma beleza grandiosa de capa de revista. Teresa tinha uma beleza perdoável. Era inteligente, jovem. Eu a acreditava livre, também, e talvez tenha sido esse o principal ingrediente do meu interesse por ela. *A chama queima, o fumo embaça.*

O fumo vem, a chama passa. Assim passou Teresa. Então, seria melhor deixar de lado — um aposto, uma aposta, um apólogo, um epílogo, um acima e além de mim. O amor é uma dúvida, como Deus. E por que é que escrevo Deus com maiúscula? Os alemães, como se sabe, escrevem todos os substantivos com iniciais maiúsculas. Daí, Deus também vira um simples substantivo, Deus fica mascarado lá dentro da língua, se normaliza.

Mas eu não falava de substantivos: falava de adjetivos. Os adjetivos que (com que) pintavam Teresa. Jovem ela do dia para a noite achou que estava deixando de ser, lembro-me disso. Estávamos fazendo compras no supermercado, de repente vejo-a com um pote de creme antirrugas e uns dois outros produtos para a pele do rosto. Dali em diante, ela se besuntava um pouco antes de dormir. Ficava cheirosa e o rosto assumia um leve brilho gorduroso sob a luz do abajur. Ficou lá, no banheiro, o pote que dizia L'Oréal Plénitude Futur-e. Gozados esses nomes que eles colocam nas coisas, plenitude, futuro, e a gente vai lá e compra, claro. É gloriosa a promessa de um futuro pleno, cheiroso, branquinho, suave, pronto para usar dentro de um potinho guardado numa prateleira de supermercado.

Bonita pelos padrões vigentes eu nem a achei tanto assim, na primeira vez em que a vi. Já disse que parecia ter umas pernas estúpidas, e que a cara também parecia uma perna. Depois vi Teresa de novo, mais tarde, na mesma festa, e achei que havia alguma coisa estranha nela, talvez nos olhos, os olhos pareciam mais velhos do que o resto, como se tivessem nascido primeiro e ficado anos esperando que o resto do corpo nascesse. Talvez por causa do avançado da hora ou do uísque mais a cerveja mais a vodca. Da terceira vez não vi mais nada, vi só Teresa e descobri que ela era bossa nova.

Descobri que Teresa era bonita nas estrias que tinha nos quadris e no alto das coxas. Era bonita nas sobrancelhas que às vezes se esquecia de depilar. Era bonita em seus seios não siliconados e não muito durinhos. Era bonita nas unhas às vezes longas e esmaltadas, às vezes roídas (uma vez ela as roeu até o sabugo enquanto assistíamos a *O iluminado*, aquele garotinho gritando *redrum* com a voz rouca e Jack Nicholson quebrando a porta a machadadas). Era bonita no pregador velho e descascado com que segurava na nuca os cabelos compridos, enquanto trabalhava, e nos óculos fundo de garrafa que usava às vezes, em casa, para descansar das lentes de contato.

O amor, se existe, não é uma entidade. O amor é um milhão de pequenas coisas. Não é possível ter uma ideia genérica do que seja o amor ou procurar dicionarizá-lo. O amor é uma flor murcha, um marcador amarelo de textos, um disquete de computador, uma chave de fenda, um quadro de avisos onde se espeta um bilhete, um peso de papel azul que reproduz o globo terrestre, uma cama desfeita ao meio-dia e um copo d'água pela metade, folhas secas que o vento varreu para dentro de casa, um vulto sombrio nos olhos por causa de uma discussão com alguém, a pequena escultura mexicana de um pássaro, guardanapos de papel sobre a mesa de cabeceira, alguém que martela um prego em outro apartamento, uma lista telefônica aberta, mais nada.

Teresa

Ela alugava a casa em Mangaratiba. Era simplezinha, o dinheiro dela não dava conta de luxos quando nos conhecemos. Depois que fui morar com ela, passei a dividir também o aluguel da casa de Mangaratiba. Eu gostava muito de lá, acho que até mais do que Teresa. Ficava num condomínio fechado em que ainda havia alguns terrenos à venda. Na tarde em que ela morreu, eu estava sinceramente pensando na possibilidade de comprar um terreno daqueles, mandar construir aos poucos alguma coisa que fosse nossa mesmo, minha e dela. Uma casa-casamento? Será que era isso que eu estava querendo?

Mas a festa. Foi em setembro. Era o aniversário de alguém e um grupo se encontrou naquele restaurante em Botafogo, aí outro alguém falou que tinha uma festa na casa da irmã. Fomos. Na sala não havia móveis, só um batidão tecno flutuando sob a luz vermelha. Virei um corredor e dei de cara com o Fausto Fawcett. Um dos quartos estava com a porta fechada, e havia um papelzinho pregado ali: silêncio, crianças dormindo. Só podiam estar brincando. Entreabri a porta e havia mesmo crianças dormindo, duas, a menorzinha devia ter seus três ou quatro anos de idade. Na sala, as pessoas dançavam sozinhas, rasgando com os braços aquela gelatina de ar esfumaçado, luz vermelha e música tecno. Um aparato luminoso projetava figurinhas brilhantes no chão.

Teresa veio com seus saltos altos, alguém nos apresentou. Dali a pouco estávamos conversando, e ela me disse que não gostava muito de festas. Que era escritora, preferia o sossego de casa ou, no máximo, a conversa com poucos amigos numa mesa de bar.

Escritora, sim, pensei. O que mais a gente encontra hoje em dia são escritores, cineastas, pintores, cantores, compositores, atores e todo um rol de artistas que ainda não tiveram seus quinze minutos de fama.

Escritora, pensei. Está certo. Aí perguntei, meio querendo debochar, ah, sei, escritora, e publicou o quê.

Ela me disse o nome de um romance de que eu já ouvira falar, e bem. Aí disse o nome dela e o da editora, uma baita editora importante. Contou que tinha dois livros de contos também, publicados antes por uma editora menorzinha, mas esses quase ninguém conhecia.

Não me fiz de rogado e pensei comigo mesmo que o romance e a editora importante eram os quinze minutos de fama daquela moça. Não invalidavam minha teoria. Mas quis que ela me contasse mais, estava gostando de ver aqueles dois fiapos de olhos sonolentos perdidos numa espessa e escura moldura de maquiagem.

Achamos um canto, ela estava bêbada e eu também já quase lá. Às vezes olhávamos um para o outro, às vezes para as figurinhas luminosas dançando no chão da sala, uma estrela, um coração, formas geométricas, um losango, um triângulo, círculos concêntricos. Os cabelos de Teresa estavam presos num coque, mas uma mecha escapara, junto à nuca. Ela ficava enrolando a mecha de cabelo com a pontinha do dedo.

E talvez ali mesmo eu tivesse decretado: é ela. Que vai pintar o céu com fogos de artifício. Que vai colocar os tapetes no quintal para pegar sol. Que vai encontrar um quintal onde colocar os tapetes e o sol.

E talvez ali mesmo as conjunções planetárias estivessem conspirando para que Teresa arranjasse uma hepatite pouco depois, e me pedisse para ir passar uns dias com ela, que não tinha família na cidade (a família era pequena, todos de e em Brasília). Talvez ali mesmo alguma musa desocupada já estivesse ensaiando para soprar no meu ouvido: vá, desça a Ladeira do Castro até a Riachuelo com o carro trepidando um pouco sobre os paralelepípedos e aporte na casa dessa moça tão boazinha, tão sofrendo com sua hepatite, fique com ela logo de uma vez, afinal os dois estão solteiros e têm afinidades e melhor morar com uma moça bonita que vai te namorar do que dividir uma casa velha e úmida com um amigo violinista, que não vai te namorar e ainda bem (no começo ele até tentou, mas não é exatamente a sua), que estuda seis horas por dia, uma casa cheia de gatos e pelos de gatos, e com uma vizinha que fala alto demais e cozinha uma comida fedorenta.

E foi o que acabou acontecendo. Deixei a casa onde morava havia cerca de dois ou três anos com meu amigo violinista e fui cuidar da hepatite de Teresa, esse foi o convite que nos fizemos, reciprocamente. Alguma coisa que substituía o tradicional eu te amo e gostaria muito de morar com você, e ver o seu rosto todos os dias antes de dormir e ao acordar etc. A hepatite foi curada, e eu fiquei lá, e nós dois parecíamos felizes. Muito felizes, até. Com fogos de artifício no céu de artifício e tapetes no varal de um quintal de artifício.

Naquele primeiro dia, depois da festa, já de manhãzinha, fomos para a sua casa. De táxi — meu carro estava no conserto. O mundo estava turvo, e eu, muito alegre. Danado de alegre, uma alegria brava. Tem gente que quando bebe fica melancólico, tristonho, angustiado — eu não. Uma ex-namorada já me dissera que eu ficava era bobo, paciência. Virava amigo do mundo inteiro e ficava querendo contar piadas e contava mesmo que ninguém estivesse interessado em ouvir.

O solzinho da manhã que ainda não amadurecera deitava uma luz sutilíssima no asfalto das ruas, nós dois num táxi e o motorista espiando pelo retrovisor, entre um monte de outras imagens que a memória, extremamente alcoolizada, ficou com preguiça de registrar. De repente, vi o retrovisor do táxi espelhar uma janela em brasa, era o sol que nascia em algum ponto invisível da cidade e incendiava aquela janela de edifício, nem sei em que bairro estávamos, acho que no Catete porque a festa havia sido no Flamengo e acabávamos de pegar o táxi rumo a Vila Isabel, mas a janela cor de fogo virava um outro sol espelhado no retrovisor.

Durou pouco, o táxi fez uma curva e parou no sinal ao lado de um outro táxi. Me deu vontade de dizer espera, volta lá onde você estava, deixa eu mostrar um negócio bonito, mas acabei perdendo a ideia, a gente fica lento com esse monte de álcool nas veias. Olhei para o outro táxi. Lá dentro, sobre o encosto do assento traseiro, vi a mão de alguém, mas, pelo ângulo, não dava para ver se de um homem, se de uma mulher. A mão magra, delicada: gostei tanto daquela mão. Gostei da pessoa que carregava aquela mão sobre o encosto do assento traseiro de um táxi num bairro que eu acho que era o Catete, bem cedo, saindo à rua junto com o sol.

Deu nos jornais que Teresa morreu em Mangaratiba, saiu para nadar no final da tarde e nunca mais. Nem encontraram o corpo. Poucas horas antes (isso não deu nos jornais), ela lera para mim o poema do Bandeira chamado "Sob o céu todo estrelado", e foi sob um céu todo estrelado que fiquei esperando Teresa voltar.

Quando acordamos, depois do sono depois da festa, fui comprar um café da manhã fora de hora na padaria onde depois passei a buscar pão diariamente, chamava-se Princesinha do Maracanã. Voltei para o apartamento de Teresa e ela havia tomado banho, o cabelo molhado deixava um círculo escuro nas costas da camiseta de malha cinzenta que ela vestira pelo avesso. Sorriu-me um sorriso delicado, e talvez um pouco envergonhado, afinal ela havia vomitado no banheiro do posto de gasolina e quem sabe feito mais alguma coisa de que possivelmente nem se lembrava. Mas eu a abracei. Tomamos o café da manhã às duas horas na mesa da cozinha, depois a tarde se abriu em concha, convidando.

Eu a abracei. Era tão fácil abraçá-la. Suas espáduas faziam como uma bossa nova de João Gilberto, nã, nã, nããã, nã, nãã e seus seios cabiam exatos nas minhas mãos, isso até parece poesia barata mas é verdade, talvez em nome da originalidade eu devesse dizer que minhas mãos cabiam exatas em seus seios. E beijei os bicos duros de seus seios macios enquanto ela revirava o pescoço, afundei o rosto entre o abraço de Teresa que me acariciava a bunda, dali em diante ela sempre gostou de me acariciar a bunda — dizia que era raro um homem com a bunda bonita, mas que eu, sim. Quando Teresa dizia isso, eu ficava com um pouco de ciúme. Mas naquele oco de tarde ainda não havia ciúme: só as síncopes do corpo dela, os contratempos, a harmonia rica de bossa nova. Virei-a de bruços, escorreguei os dedos pescoço abaixo e vi os pelos dos braços dela se eriçarem. Eu queria ver a Teresa no fundo da Teresa, no seu mais desvão, mito, fortuna, na anatomia do sexo durante o sexo, na pele úmida, tensa, túrgida. Ali eu ainda estava meio tímido, mas depois aprendi a contemplá-la com os dedos, com a língua, toda inteira — toda inteira, mas sempre me faltava alguma Teresa. Sempre, algum recôndito aonde não chegava meu desejo, meu pensamento, meu olhar, minha intenção, minha língua, meu sexo, o que fosse. Não era possível tê-la ao avesso: a alma. Depois ela se virou de frente para mim, os olhos meio com febre, entrei em seu corpo pela primeira vez, puxando-a pelos quadris, e a carne de seus quadris tremia levemente quando se chocava com meu corpo.

Na padaria Princesinha do Maracanã às vezes tinha pão de queijo, se a gente desse sorte, ela me disse. E vendiam Santa Helena um pouco mais barato do que no supermercado.

Na primeira vez em que fumei maconha, disse Teresa, sei lá, acho que tinha uns quinze anos, estávamos todos bebendo Cantina São Roque. Foi em Friburgo, na casa de um sujeito que nunca vi mas que emprestava a casa para uns amigos meus. Eu achava que Cantina São Roque era ótimo. Aí depois passei para a fase Almadén. Hoje estou na fase Santa Helena porque não dá para ficar comprando coisa mais cara, pelo menos não trabalhando como professora de português. Mas eu gosto muito de vinho. Se desse eu comprava vinho bom, mas bom mesmo.

Fui ao supermercado ali perto. Procurei o vinho mais caro. Um *châteauneuf-du-pape* por sessenta e quatro reais. Levei para Teresa: era minha forma adolescente de dizer que estava adolescentemente apaixonado. Bebemos o vinho naquela mesma noite e ela contou que a ex-sogra um dia fora a Paris e pedira um *châteauneuf-du-pape* no restaurante e, como não conhecia o gosto do vinho, mandou chamar o maître, disse que o vinho estava estragado. Rimos. Eu disse que só viajara para fora do país uma vez, com meus pais. Para a Argentina.

Eu estive na Tailândia.

Mas ela não contou mais, naquele momento. Foi para o escritório, demorou um pouquinho e me trouxe de lá seus três livros, os de contos, publicados pela editora menorzinha, e o romance, da baita editora importante. Escreveu uma dedicatória em cada um e depois fomos para a varanda, de onde vi pela primeira vez a casa com a enorme piscina de água podre.

A varanda do apartamento mal podia ser chamada de varanda. Só de a gente pisar nela, o corpo já quase que encostava na grade de alumínio. Melhor dizer que era uma porta abrindo para o ar, com umas traves de alumínio para evitar que, por descuido, alguém despencasse lá de cima.

Havia três vasos de plantas ali. Um bem grande, de cerâmica, com uma buganvília cor de telha que era a planta mais volúvel do mundo, às vezes nua e seca como se tivesse morrido, às vezes exuberante até demais com aquelas flores de cor escandalosa, muitas, e folhas tão verdes. Um bicho preto do tamanho de uma azeitona vinha às vezes esvoaçar por volta das flores, Teresa me disse o nome daquele bicho, era mangangá. O vaso da buganvília tinha manchado o piso da varanda com um indelével círculo marrom. Havia um outro vaso, um vaso de plástico, preto, com uma planta tipo arbusto cujo nome eu não sabia, Teresa também não sabia, mas era bonita, as folhas de duas cores, verde-escuro e verde-claro. Aquela planta não dava flores. O terceiro vaso era de xaxim e estava pendurado, de lá caía uma samambaia-chorona das mais comuns. Sempre achei que o vento um dia acabaria arrancando a samambaia dali e arremessando-a na rua, sobre a pessoa de um infeliz transeunte que morreria com o crânio fraturado e de noite viria me assombrar transformado numa planta medonha. *Causa mortis*: fratura craniana causada por samambaia voadora. Teresa riu quando contei, mas eu próprio não achava graça nessa ideia mórbida. De vez em quando eu pensava na morte, assim, sem mais nem menos, livre associação de ideias, e sentia medo. Hoje, acho que o medo se foi.

Quanto à varandinha de outrora, com certeza ainda está lá, se bem que as plantas todas devem ter secado. A varandinha provavelmente mudou de dono, e o novo dono trará novas plantas, quem sabe crianças pequenas para brincar ali, mesmo o espaço sendo curto. Fico imaginando um menininho rolando uma bola vermelha pelo chão. Talvez jogando aviõezinhos de papel, se já for grande o suficiente para dar conta das dobraduras. Ou esperando, dentro de casa, que apareça uma rolinha, para assustá-la com um pulo repentino.

A varandinha de outrora ainda existe, foi apenas o outrora que se acabou. Essa coisa, isso a que chamo de outrora, é um aviãozinho de papel que uma criança solta do alto de um prédio: não sobe até sumir no céu, não. Vai é caindo, num rodopio impotente, até se acabar no meio-fio, no meio do lixo que os outros esqueceram. Pode ser que alguma outra criança o apanhe, mas ele é tão desprezível que provavelmente ficará rolando de um lado para o outro, em sua inútil estrutura de papel já muito sujo, de um lado para o outro e pronto, até virar uma massa amorfa carregada até o bueiro mais próximo pela chuva.

O sofá de dois lugares ficava bem em frente à varandinha. Muitas vezes era assim: de noite, Teresa fechava a porta de vidro e abria a cortina e apagava a luz, dizia que assim não seríamos vistos, mas poderíamos ver as coisas lá fora, céu e prédios ao longe. Eu me sentava no sofá, ela se sentava em meu colo, de frente para mim, os pés me pinçando as costas como se ela sentisse medo. Pés frios, pequenos. Nus. Pernas nuas, quadris, Teresa nua era meu maior alumbramento. Bicos duros em seios macios, minha língua morna sobre os bicos duros de seus seios, os cabelos macios escorrendo pelo meu torso duro, o sexo macio envolvendo meu sexo duro, o céu tão macio sobre os prédios de apartamentos, a samambaia-chorona oscilando perigosamente como um metrônomo, eu via as folhas riscando a porta da varanda enquanto meus punhos cerrados apertavam as coxas macias de Teresa, puxavam-na, um outro metrônomo. Muitas vezes era assim: Teresa deitava-se no sofá. Eu me deitava em Teresa. Os calcanhares dela se apoiavam nos meus ombros e os pezinhos frios me acariciavam as orelhas. Se ela abrisse os olhos, eu mergulhava dentro deles, perpendicularmente. Tinha a nítida (e falsa) sensação de chegar ao fundo de Teresa, ao centro do labirinto da sua alma, lá no centro, onde havia um haicai de Bashô escrito sobre a areia da praia.

No começo, não tive vontade de falar a ninguém sobre o que acontecera, uma tragédia dentro da outra, um segredo de pevides dentro de uma maçã. Eu pensava que talvez tudo fosse uma fraude gigantesca, e eu, o último a saber. Mas e se a maior de todas as fraudes era emprestar um sentido às coisas? E se aquele grande universo-pensamento na verdade estava o tempo todo duvidando de si mesmo? Pior ainda: rindo de si mesmo?

As coisas eram simples, antes, tão simples, como já disse. E hoje — não sei se acabo meus dias tocando um tango argentino ou se deixo tudo como está e pronto, ou se tranco a porta deste quarto de hotel e adeus, volto para meu antes-de-Teresa, ou se cultivo uma enorme piscina de água podre, como aquela que havia diante do apartamento em Vila Isabel.

Afinal, as pessoas também se afogam em piscinas.

Sob o céu todo estrelado

Na casa em Mangaratiba havia um poema datilografado num papel já amarelo. O poema estava emoldurado e pendurado na varanda. Foi só muito tempo depois de tê-lo lido pela primeira vez que me lembrei de perguntar a Teresa: o que é?

Parece que o Bandeira ouviu esse poema quando era menino, ela me contou. Ouviu do pai, que por sua vez tinha ouvido de um sujeito que viera pedir esmolas. O autor não se sabe quem é. Gosto muito desses versos finais: *Tinha uns chinelos... Vendi-os. Tinha uns amores... Deixei-os.*

Eu sorri. Gostava mais do primeiro verso, que falava: *Tinha uma choça, se ardeu-se.*

Mas o mar chamava, e quando o mar chama, quem consegue desobedecer? Saímos juntos para nadar. Aliás, grande mentira dizê-lo, porque eu não sou lá grande coisa como nadador. Teresa ia embora, mar afora, dona do próprio ímpeto e do próprio futuro, e eu ficava, não me aventurava demais, embora o mar dali fosse calmo, dava alguns mergulhos e umas braçadas meio tímidas de professor de latim que nunca foi esportista, depois voltava para a areia. Eu me sentava, às vezes me deitava e ficava vendo a tarde agarrar o dia, era sempre de tarde que Teresa gostava de nadar, bem perto do crepúsculo. Uma estrela aparecia no céu e eu me lembrava da brincadeira de infância, em Petrópolis: dizíamos estrelinha, estrelinha, primeira que vejo, faça com que o céu realize o meu desejo. Quando criança, eu tinha uma porção de desejos na ponta da língua. Palpáveis. Desejos materiais — um brinquedo novo, uma nota boa na escola, o sumiço de um livro que eu não queria ler. Certa vez pedi que o professor de estudos sociais ficasse doente no dia da prova. Ele não ficou e não sei se me senti aliviado ou desapontado. Ali na praia, em Mangaratiba, meus cabelos empapados de água e areia, era difícil pensar em algo para pedir à primeira estrela. Tudo que me ocorria parecia por demais frívolo, ou por demais importante para ser desviado do acaso, mesmo que por uma superstição.

Aquela era a hora em que o jasmim começava a cheirar. No jardim da casa que alugávamos, Teresa plantara jasmim e rosas. Quando eu me cansava de ficar deitado na areia, e quando as estrelas começavam a pipocar com pressa, ia para a varanda, sentava-me no degrau e sabia que às minhas costas estava o poema. *Tinha uma choça, se ardeu-se. Tinha um só dente, caiu.*

Teresa me contou que certa vez corrigira redações para o estado. Fazia uns três anos. Um grupo delas tinha como tema "Meu maior sonho". Um aluno começou assim sua redação: *Meu maior sonho é poder realizá-lo.* Ri de pura felicidade quando Teresa me contou isso, porque o meu maior sonho também sempre fora poder realizá-lo. E a minha grande ambição de felicidade, ser feliz sem sabê-lo. Aquelas tardes em que eu me sentava sozinho no degrau da varanda enquanto Teresa nadava eram como aquele instante preciso e precioso depois de um filme, quando ninguém ainda perguntou e aí, gostou?, quando nenhum ônibus ainda acelerou em meus ouvidos, quando ninguém ainda sugeriu um chope.

Uma vez, Teresa voltou junto com a chuva. A água do céu e a água do mar confluíam nos ombros dela. E as nuvens tapavam as estrelas num cinza difuso que não me incomodava, gosto de chuva, gosto quando as coisas perdem a nitidez. Quando era pequeno, uma das maiores alegrias era a neblina na serra. O mundo virava nuvem, os contornos se desfaziam. Fazia calor quando ela voltou junto com a chuva, estávamos em pleno dezembro. Teresa me estendeu a mão molhada, levantei-me, fomos para a sala. Eu deixava pegadas secas, ela deixava pegadas úmidas. Eu ouvia os Beatles, "Dig a Pony" — *all I want is you. Everything is got to be just like you want it to.* Depois ouvi mais Beatles, *Sgt. Pepper's.*

Quando tinha o *Sgt. Pepper's* em vinil, disse eu a Teresa, os nomes das pessoas da capa não vinham escritos no encarte. Foi uma verdadeira epopeia, mas descobri todos. Vários eu achei quando li *Autobiografia de um iogue*, na adolescência.

Sei, disse ela, Paramahansa Yogananda.

Ele mesmo. Na iconografia do livro tem pelo menos uns quatro iogues que os Beatles colocaram na capa do disco. E em algum lugar desse mesmo livro tem uma nota de rodapé que inspirou aquele disco duplo do Yes, você sabe qual é? (Não, ela não sabia, Teresa não gostava de rock progressivo, que pena.) É um ótimo disco.

Mas ela já não estava prestando muita atenção. *She's leaving home, bye-bye.* Teresa tinha um laptop que comprara de segunda mão. Perguntou, você se incomoda se eu for trabalhar um pouco?

Não, de jeito nenhum, eu trouxe aqui comigo umas coisas para ler.

Vamos abrir um vinho.

Nesse calor?

Não sei o que ela respondeu, pois entrou no banheiro e o barulho do chuveiro sobrepôs-se à voz. A chuva caía com mais força e chiava sobre o chão, sobre as folhas, como se fosse fritura. Lá dentro, no banheiro, o chuveiro crepitava sobre o corpo de Teresa.

Lembrei-me de umas aulas de música, quando eu queria aprender violão — a meta era nada menos do que tocar igual ao guitarrista do Yes, Steve Howe. Um professor me fez ouvir certa composição contemporânea: capas de plástico queimando sobre tinas d'água. Primeiro ouvia-se o crepitar das chamas dilacerando o plástico, e aí o plástico derretia e ia pingando nas tinas d'água. Pensei naquela música que eu tinha dificuldade em reconhecer como música. Pensei na música daquele final de tarde, não a dos Beatles, a outra, chuva e chuveiro chiando e a rolha do vinho fazendo *plop* — afinal descobri que Teresa deixara duas garrafas de vinho branco na geladeira. Intuí a música do acaso que viria, a toalha raspando a pele de Teresa, potes de creme se abrindo e fechando, a descarga do vaso sanitário, a escova correndo pelos fios compridos do cabelo, os chinelos estalando sobre as lajotas de cerâmica, o laptop dando-lhe as boas-vindas com aquele acorde eletrônico.

Levei duas taças de vinho para a sala e peguei meu livro. Tinha comprado num sebo. Era sobre o Rio antigo, e uma delícia de ler, bonito, sofisticado, cheio de fotografias interessantes da época em que o Rio, para a gente de hoje, ainda era em preto e branco — em sépia, melhor dizendo.

O laptop quase não fazia tlec, tlec enquanto Teresa digitava sobre as teclas pequenas, delicadas. Ela estava sentada à mesa, com as pernas cruzadas, de óculos. Vestia uma camiseta de malha preta com as mangas cortadas, comprida, e calças de moletom. As minhas calças de moletom, que ficavam largas e ela enrolava na cintura.

Olha só o que achei, disse eu, interrompendo-a — havia uma cota suportável de interrupções, eu já aprendera. Normalmente Teresa só se irritava lá pela terceira ou quarta. Olha, rua Morais e Vale.

Ela se levantou e veio espiar. Morais e Vale, entre a Joaquim Silva e o beco das Carmelitas, antro de prostíbulos, ninho de malandros até as primeiras décadas do século XX. Antigamente se chamava rua do Desterro, e o bairro era Lapa do Desterro, porque o morro em cujo pé ele brotava era o morro do Desterro. Teresa leu. Eu sabia, ela já me dissera: a Morais e Vale era a rua em que Manuel Bandeira tinha morado por quase uma década, depois de sair de sua casa no Curvelo e antes de se mudar para a praia do Flamengo. Ela olhou, deslizou o dedo sobre a fotografia.

Hoje termino a revisão do livro, disse. Depois que entregar à editora, começo a trabalhar no meu outro projeto, aquele.

O romance que Teresa acabava de revisar eu li na semana seguinte, numa impressão encadernada com espiral, gorda e desconfortável, de 273 páginas. Gostei, havia uma trilha policial *noir* mas sem aquela previsível agilidade de roteiro de cinema. Era instigante, intrigante e saboroso. Bem escrito à beça. A narrativa do romance policial de Teresa era rocambolesca, ia e vinha, fazia curvas, mas depois se encontrava unindo detalhes que eu, leitor, nem imaginava se corresponderem. Desnecessário dizer que eu teria mudado umas coisas, sobretudo umas digressões longas que me pareciam desnecessárias, mas ela me dizia a gente economiza ali, depois se demora um pouquinho mais aqui, nisso está a graça.

De qualquer modo, eu imaginava que o livro poderia fazer bastante sucesso. Ia para a editora em breve. Devia ser lançado dali a uns três meses. E o novo projeto, aquele, era o romance baseado em poemas de Manuel Bandeira. Teresa me disse que queria usar alegoricamente os personagens do livro *Carnaval* — pierrô, colombina e arlequim. Quem sabe até uma pierrete também.

Me explica.

Ainda não sei. É só uma ideia. Talvez a protagonista seja uma escritora.

A colombina, claro.

Isso.

Então, vamos ver. Temos uma colombina escritora. E um triângulo amoroso. O arlequim fodão, e o pobre do corno pierrô. E a pierrete se encaixa em algum lugar no meio deles, mas ela tem que ser uma moça legal, e tem que ser amiga do pierrô.

Teresa riu. É uma ideia inicial, quem sabe? Mas tenho muito o que ler antes disso. Os próximos meses eu quero passar lendo Manuel Bandeira. E só.

Na varanda, o poema emoldurado: *Tinha uma choça, se ardeu-se.*

Escrevo uma lista de compras, a lista é pequena, aqui no meu quarto pobre de hotel não preciso (nem posso) cozinhar. Normalmente como qualquer coisa na pensão do outro lado da rua. Anoto: Álcool. Barbeador. Desodorante.

No banho, cubro os ouvidos com as mãos espalmadas, apoio os cotovelos na parede de azulejos verdes, um tom feio e já bastante encardido, fecho os olhos e mergulho sob a ducha. Essa é a minha receita para suspender o mundo.

Nesse momento, não ouço gente batendo à porta, música que ouvem no quarto vizinho, crianças jogando bola na calçada, o carro do pão (temos dezoito sabores de brioches, temos a linha diet, temos o pão de forma...), o carro do ferro-velho, o carro do camarão, o carro da pamonha, não ouço gritos nem sussurros.

Não ouço nem a voz que ficou ecoando dentro dos meus pulmões, e não ouço o tique-taque do relógio, da bomba-relógio, dizendo que a hora está chegando. Ouço apenas a estática do chuveiro, água neutra. Meus olhos fechados transformam o mundo numa coisa compacta, alaranjada e boa.

Em Mangaratiba, compartilhávamos uma cachorrinha com os vizinhos. Quando estávamos lá, ela ficava conosco. Quando não, ficava com eles ou com o caseiro deles. Teresa chamava-a de Boy. Me explicou que tivera um cachorro quando criança, vira-lata com pedigree e uma orelha caída, chamava-se Boy. Queria homenageá-lo.

A cachorra Boy gostava de beber água de coco e de caçar ratazanas. Quando resolvia nos acompanhar até o mar, saltitava por entre as ondas baixas e mordia a água. Ao sair, sacudia-se toda, como fazem os cachorros, e ficava com o pelo preto arrepiado, e depois ia se deitar à sombra de uma amendoeira.

Teresa era a preferida da cachorrinha Boy. Se estivéssemos todos por perto — os vizinhos, o caseiro dos vizinhos, Teresa e eu —, a escolhida era sempre ela. O segundo na hierarquia era o caseiro dos vizinhos, depois vinha a filhinha de dez anos dos vizinhos e só então eu.

Na tarde em que Teresa morreu, Boy ficou me olhando de lado, uns olhos apagados e calmos. Primeiro, antes de tudo, eu me sentei na varanda e fiquei ouvindo o vento e o reco-reco dos insetos na grama e pensando no vestido de seda cor de cereja da Mme. Dufour, de Maupassant. Sempre achei que se visse uma mulher com vestido de seda cor de cereja ficaria apaixonado no ato e para sempre, o coração ia se trancar depois de deixar passar aquela cor, seda-cereja. Naquela tarde, o céu estava seda-cereja, antes de brotarem as estrelas. Depois a seda virou brim e a cereja virou ameixa, e depois assumiu a cor que eu imaginava ter o fundo do mar. Um azul-pensativo, sóbrio e algo melancólico. Pus uma música para tocar e voltei para a varanda, fiquei acariciando Boy no pescoço e esperando Teresa voltar, sob o céu todo estrelado.

Duas horas mais tarde, meus dedos trêmulos digitavam números no telefone dos vizinhos. Eles me diziam os números, mas aqueles pequenos símbolos pretos ficavam embaralhados, era como se eu tivesse muito sono ou fosse um míope sem os óculos, não enxergava muito bem, digitava errado. Alguém disse deixa que eu ligo, você está muito nervoso. Outro alguém disse senta aí, calma, vou te trazer uma bebida. Trouxe uísque, nem gosto muito de uísque. Alguém me ofereceu um cigarro, aceitei, mas juro que na hora não saberia dizer se era fumante ou não. Acendi o cigarro e traguei a fumaça e foi como se duas mãos viessem aninhar meus pulmões, o seda-cereja de meus pulmões de trinta e três anos de idade, de repente me lembrei que tinha trinta e três anos de idade e misturei Jesus Cristo e o poema de Manuel Bandeira, o médico instruindo diga trinta e três. Respire.

Telefonavam, e a cachorrinha Boy me espiava da porta, e em algum lugar alguém me sussurrava: *O senhor tem uma escavação no pulmão esquerdo e o pulmão direito infiltrado. Então, doutor, não é possível tentar o pneumotórax?*, eu perguntava, no mesmo tom de voz baixo, desesperançoso.

Já estão vindo, me disse a mesma pessoa que oferecera o cigarro. O uísque me queimava o estômago vazio. Já estão vindo.

Pierrot místico

Três semanas depois daquela tarde em Mangaratiba, encontrei na rua a ex-namorada que dizia que eu ficava bobo quando bebia. Namorei Marisa durante dois anos e pouco. Encontrei-a na fila do banco, ela estava de óculos escuros e me disse para não chegar muito perto porque tinha arranjado uma conjuntivite, por isso os óculos escuros dentro do banco, mas falou isso sorrindo.

Não me lembro ao certo por que Marisa e eu deixamos de ser os namorados que fomos durante dois anos e pouco. Só lembro que rompemos de comum acordo, por descobrir alguma incompatibilidade insuperável ou uma soma de pequenas incompatibilidades tão idiotas a ponto de eu já ter me esquecido por completo delas.

Marisa me contou, na fila do banco, que tinha arranjado emprego numa grande empresa. Vi que ela usava umas roupas mais ajeitadinhas e que segurava um telefone celular desses que cabem na palma da mão, latem, fazem mapa astral e até dão aulas de dança, se o dono pedir com jeitinho. Desses que nas propagandas só gente bonita é que usa. Telefones celulares Futur-e. Telefones celulares L'Oréal. De vez em quando tem um mulato ou mulata nas propagandas, entre os caucasianos, em nome do politicamente correto, mas o mulato(a) tem que ter traços caucasianos. Nariz fino. Cabelo pixaim, nem pensar.

Reencontrei Marisa na fila do banco, e se depois fiquei pensando em telefones celulares foi porque o encontro deve ter sido pelo menos um pouco importante. Marisa, mulata de cabelo pixaim. Quando namorávamos, eu ficava com um ciúme enlouquecido quando ela arranjava os cabelos de um jeito que só é possível em cabelos como o dela, colocava uma espécie de arco fininho e inteiriço no alto da cabeça, o arco parecia uma coroa, e ela vestia uns vestidos de alça com umas estampas geométricas, o tecido era molengo e marcava um pouco os seios pequenos e a bunda grande, um dia um conhecido disse que ela parecia uma rainha africana. Eu queria mandá-lo enfiar a África inteira no cu, ninguém lançaria um olhar babão daqueles à minha namorada impunemente.

Quando nos reencontramos, ela havia cortado os cabelos muito curtos. Duas bolinhas prateadas reluziam no canto de sua sobrancelha esquerda, dava para ver por cima dos óculos escuros. Eu quis perguntar se na grande empresa não implicavam com gente que usava piercing, mas não perguntei. Porque as bolinhas no canto da sobrancelha esquerda de Marisa pareciam de uma intimidade assustadora, eram como um segredo meramente sussurrado que eu poderia quebrar se tocasse.

Teresa anotou numa folha, a sua caligrafia sempre com pressa: Manuel Bandeira nasceu no Recife. Mas foi em Petrópolis que ele viu a corrida de ciclistas, os bambuais e um pátio de hotel, foi lá que amarrou a linha no incisivo de leite e depois ficou parado, junto do tanque, sem coragem de puxar.

Fui ver o poema em que ela tinha lido aquilo. Chama-se "Infância". Um trecho estava destacado com marca-texto fluorescente amarelo. Dizia: *Uma noite a menina me tirou da roda de coelho-sai, me levou, imperiosa e ofegante, para um desvão da casa de Dona Aninha Viegas, levantou a sainha e disse mete.*

Teresa (o sobrenome não importa) nasceu no Rio mesmo. Formou-se em Letras e usou aparelho para consertar os dentes. Tinha que manter o filtro do ar-condicionado sempre limpo. Fazia muitos anos que não tinha crises de asma. No quarto não havia cortina de pano, mas uma dessas japonesas, de madeira. Teresa gostava mesmo era daquelas persianas fininhas onduladas e dizia que um dia ia mandar colocar. Um dia, num apartamento maior.

Quem sabe uma cobertura. Quem sabe num lugar de onde seja possível ver a praia de um lado e a Lagoa do outro.

Com um heliporto, eu acrescentava, radicalizando de vez a desmedida dos sonhos dela. Teresa ria. Se ela estivesse de bom humor, eu acrescentava: literatura não paga essas coisas, mesmo quando se ganha um prêmio aqui e ali.

Ela parecia não estar totalmente convencida e dizia o acaso, meu amigo, o acaso. Quem sabe se eu virar bruxa.

Um dia, no apartamento maior, Teresa ia ter uma daquelas camas americanas, e das *king-size*. Ficam mais longe do chão, a gente respira menos poeira, sabia?

De seis em seis meses, todos os livros desciam das estantes e eram limpos individualmente. Do contrário, uma crise indesejável podia estar espreitando dentro de um volume pouco manuseado, dos que ficavam lá no alto. Bastaria abri-lo e pronto, começava o nariz a coçar, a ficar vermelho, vinham os espirros, vinha a tosse e por fim a temível falta de ar, os pulmões que não dão conta de abastecer o corpo, os músculos que perdem a força, o peito quer inflar mas não há inspiração que chegue, é como estar se afogando.

Quando eu e Marisa éramos namorados, tínhamos o hábito de passear pelo Centro Velho. Perambulávamos juntos por aquelas ruas cheias de sobrados desfigurados, Lavradio, Inválidos, Senado, Resende, terminávamos a tarde no Bar Brasil bebendo vários chopes e lamentando todo aquele descaso. Ela morava ali perto, numa casa autêntica mas caindo aos pedaços, no final de uma vila, na Lapa. Um dia teria dinheiro para reformar. Um dia todos nós teríamos dinheiro para muitas coisas.

E então, reformou a casa?, lembrei-me de perguntar, naquela tarde pós-fila de banco, enquanto, em nome dos velhos tempos, tomávamos um chope no Bar Brasil. Marisa não tirava os óculos escuros.

Derrubei todas as paredes internas.

Deve ter ficado bonito.

É, ficou sim, qualquer hora dessas você aparece lá.

Convite retórico, eu sabia. Sempre tive a impressão de que quando reencontramos amigos antigos parece ficar um oco onde antes havia afeto, intimidade, cumplicidades, e corremos para preencher esse incômodo com palavras ainda mais ocas do que o oco deixado pelo tempo que passou, vamos nos ver, me telefona, coisas do gênero. Qualquer hora dessas você aparece lá para ver como ficou minha casa depois da reforma.

Um resto de sol vindo de algum lugar bordava uma franja mais clara no canto da mesa. A tulipa de Marisa reteve um pouco do batom cor de vinho que ela usava. As unhas estavam compridas, reparei, mas a manicure ainda não devia ter dado o ar semanal da sua graça. No canto da sobrancelha esquerda, as duas bolinhas prateadas eram como um prêmio reservado a olhares mais atentos. Não havia anéis nas mãos de Marisa, pulseiras, colares no pescoço. Mas brincos cintilavam nas orelhas, quase tão pequenos quanto o pequeno brilho duplo na sobrancelha. Os cabelos curtos me faziam pensar numa ovelha recentemente tosquiada cujo pelo já começa a crescer um pouquinho.

Você está abatido, ela disse, e quase levei um susto, por um instante me esqueci de que Marisa era de carne e osso e que os lábios cor de vinho tinham a faculdade de dizer palavras. Aconteceu alguma coisa?

Faz vinte dias, eu disse, mas não consegui continuar.

Faz vinte dias que Teresa, você conheceu Teresa?, claro que não, bobagem eu perguntar isso, sei que não conheceu, eu e você não nos víamos há um bom tempo, quanto tempo faz? Pois Teresa e eu estávamos juntos desde setembro, faz vinte dias que ela saiu para nadar, a gente alugava uma casa em Mangaratiba. Saiu para nadar no final da tarde, e eu fiquei esperando sob o céu todo estrelado. Teresa não voltou nunca, não acharam nem o corpo.

Isso eu consegui dizer depois do sexto chope. Já era noite, agarrei-me à atenção de Marisa e nem lhe perguntei se tinha outro compromisso, apenas registrei que num dado momento ela foi lá fora, na calçada, e deu um telefonema com o seu celular. Quando lhe falei de Teresa, ela tirou os óculos, revelando dois olhos vermelhos, e franziu a testa, e quando franziu a testa a sobrancelha se mexeu e a luz cansada de uma lâmpada brilhou por um instante sobre as bolinhas prateadas. Ficamos algum tempo em silêncio, e não sei por que me veio à mente uma possível cena de cinema-clichê americano, nesse momento o roteiro mandaria Marisa segurar-me a mão e dizer *darling, I'm so, so sorry!*

Espera aí, disse ela, Teresa... é a escritora? Aquela que apareceu na televisão, nos jornais?

Eu fiz que sim.

Nossa. Eu não tinha a menor ideia, ou então teria te procurado. Não sabia de vocês dois. Ela própria eu só conhecia de nome, acho que escreveu um livro que andou bastante badalado, ganhou prêmio, não é?

Ganhou dois prêmios. No final do ano passado. Teresa tinha acabado de lançar outro livro, um romance policial.

O segundo?

O segundo romance, o quarto livro.

Darling, I'm so, so sorry. Perdi a conta dos chopes que bebi, só me lembro que comecei a pedir Steinhaeger também, mais ou menos quando Marisa começou a pedir água tônica. Ela me fez comer umas salsichas, me deixou em casa de táxi às oito horas depois de enfrentarmos um trânsito horrível na Praça da Bandeira. Disse que era para eu tomar um banho e dessa vez não decretou que eu ficava bobo quando bebia. Tome um banho frio, vários copos d'água e me telefone se precisar de alguma coisa.

O banho eu não tomei, mas peguei um copo d'água e fiquei bebendo enquanto assistia à televisão sem prestar atenção numa palavra do que os âncoras do jornal diziam com vozes pasteurizadas, com rostos cabelos roupas maquiagem pasteurizados, eles conseguiram pasteurizar até mesmo Teresa quando mostraram trechos de uma entrevista sua junto com tomadas na praia do condomínio, e essa era a maior das perversidades. Me entrevistaram, na época. Fui ao ar com cara de louco, acho que tenho mesmo cara de louco habitualmente, me admira que Marisa não tenha visto a entrevista. Meus mórbidos quinze minutos de fama que na verdade se restringiram a uns quinze segundos e depois eu não quis mais saber da televisão nem dos jornais, fugi dos repórteres feito o diabo da cruz, mas eles logo me deixaram em paz. Enquanto mito, Teresa se sustentava por conta própria, e eu não tenho nada, não sou nada, nem bonito, nem chique, nem exótico, nem glamoroso, sou um reles professor de latim que paga suas contas sabe-se lá como. Além disso, descobriram Teresa Dois, e o bissexualismo ainda vende mais do que o heterossexualismo, os jornalistas elegeram Teresa Dois a viúva oficial e chegaram a filmar sua filha na Tailândia — a Tailândia vende mais do que Vila Isabel.

Cantarolei a marchinha. Por causa de uma colombina, acabou chorando. Pierrô místico, torce essa alma ingênua e extravagante, o que será que há nela além de um suspiro? Acabei a noite chorando sobre uma garrafa de Dão Novo Mundo, vem a mim, ressaca, e sem mais nem menos me lembrei da cachorra Boy.

Cachorra Boy. Por que é que eu não tinha pensado nisso antes?

Lembro-me de ter lido num plástico, na janela de um carro, que o acaso não existe. Acho que existe. Acho que existem também as frestas, os paradoxos, as simultaneidades, alguma coisa que é e não é, que está e não está, as aberturas, os tecidos frouxos, acho que o grande pensamento do universo faz suas interrogações. Eu mesmo sou essa coisa porosa, cheia de buracos e de vazios, é só, e tudo isso dá a impressão de estar junto e compacto, eu dou a impressão de existir, e de existir autônomo. Com nome e tipo sanguíneo.

Antes de Teresa, o mundo não tinha esses poros todos ou, se tinha, eu não os enxergava, mas as coisas mudaram tanto — vai ver uma guinada do acaso sacudiu com violência demais a minha serenidade em latim. E eu vi, foi tudo. Por isso, estas palavras não podem querer ser outra coisa que não um presente.

De Teresa, eu guardei também um presente, e às vezes procuro esquecer do resto para me concentrar só nele, um exercício consciente. Um dia ela me deu um prisma de vidro para pendurar. Coloquei na porta da varanda. Como num passe de mágica, a beleza saiu das modelos das capas de revistas e passou a habitar aquele pequeno prisma de vidro, que lançava mil arco-íris, borboletas acesas e inquietas, pelo chão, pelas paredes. Compreendi, então. Graças a ela, Teresa, eu aprendi a mudar o foco e encontrar a beleza que está nas frestas deste mundo, e que a tudo invade, quase secreta, tão silenciosa. A beleza gloriosa de um quase nada. Sem Teresa, eu não estaria aqui. Mas também é verdade que com ela eu não estaria aqui.

Talvez ela não soubesse de nada disso. Talvez não tivesse se dado conta de que na luz iridescente dispersa por aquele prisma estava a certeza de que ela era a mulher da minha vida, porque só a mulher da minha vida poderia ter me feito entender a beleza. A beleza, claro, não é uma banalidade cultivável em academias de ginástica e mesas de cirurgiões plásticos, não é um bem comprável em lojas de móveis caros, não é uma senha guardada por esteticistas, decoradores, estilistas. É a minúscula e poderosa alegria de um gesto. Um toco de lápis, uma pequenina cicatriz na pele, o sol sobre a calçada rachada diante da papelaria à tarde. Os vinte, trinta, cinquenta arco-íris de um pequeno prisma de vidro. A cunhantã de um poema de Manuel Bandeira, escurinha, quatro anos de idade, para quem o ventilador era a coisa que roda e que quando se machucava dizia: *Ai, Zizus!*

Isso quem me deu foi Teresa. Tudo isso, um segredo num prisma que agora enfeita a janela de meu quarto barato de hotel. É por isso que me sinto mal diante de um conhecimento que adquiri um pouco depois de sua morte. É por isso que eu talvez devesse ter morrido junto com ela, e levado comigo um pouco dessa beleza na pele coberta de algas e mordiscada por peixes, nas bolhas brotando da água translúcida do mar de Mangaratiba, em suas pequenas ondulações, acalanto. Gostaria tanto de perdoar-lhe com a minha dúvida — uma dúvida que me deixasse ter certezas sobre tudo mais. Mas o que acontece é exatamente o contrário, tenho uma única certeza que costura interrogações ao resto.

Gostaria de perdoar-lhe. Se não for possível, quero então lhe deixar um presente, também.

O mar de Mangaratiba às vezes ficava com um tom indefinível: era verde? Era azul? Lembro-me agora de uma discussão engraçada com Marisa, lá se vão uns oito anos, porque ela dizia verde-piscina e eu, azul-piscina. Para mim, era azul, ponto pacífico. Mas para ela era verde. E agora, José? E agora, Manu? Resta-me apenas um tango argentino?

Quando eu era criança, meus pais me levaram para passar uma semana em Buenos Aires. Nosso hotel ficava na calle Florida. Certa noite fomos a El Viejo Almacén, eu era um pré-adolescente emburrado e queria ficar no hotel porque tango nem pensar!, mas tive que ir, e só me lembro de um japonês cantando tango, e hoje me aperta o coração a lembrança desse japonês cantando tango. Que burro fui, brindando El Viejo Almacén com meu mau humor. Buenos Aires é, para mim, El Viejo Almacén e mau humor. Bifes sangrentos, um restaurante com um boi empalhado na porta e as casas do Caminito, vagamente coloridas na memória. E eu comprando uma camiseta de malha feliz da vida, para depois ler na etiqueta Malhas Sulfabril e ver um dos Trapalhões usando uma igualzinha na tevê brasileira, acho que o Mussum. Na camiseta estava escrito: Texas Rangers. Texas Rangers made in Argentina made in Brasil.

O tango argentino que eu não aproveitei, Manu.

Verifiquei no calendário sobre a mesa — o calendário que mostra detalhes da Praça XV: não, não fui ver que dia é hoje, mas que horas o relógio da Estação das Barcas está registrando naquela fotografia. Dez para as duas, igualzinho aos relógios das propagandas. Assim como as mulheres ficam mais sensuais entreabrindo os lábios nas fotografias de moda, também os relógios ficam mais bonitões marcando dez para as duas. Pequeníssima diferença relativa ao tamanho dos ponteiros.

No fim de semana seguinte, fui a Mangaratiba buscar a cachorra Boy. Minha intenção era roubá-la, simplesmente colocar dentro do carro e trazer comigo, mas minha alma de bom moço é por demais empedernida, sou do tipo que volta à papelaria para pagar os vinte centavos que ficou devendo na véspera e dos quais nem o próprio dono se lembra mais. Conversei com os vizinhos, os donos oficiais de Boy, e eles não se opuseram, eu só vinha em quarto lugar na hierarquia da cachorrinha mas ninguém questionaria meus argumentos. Por uns tempos, eu disse, e falava a verdade. E afinal eles sabiam dos vínculos que antes havia entre Boy e Teresa, a dedução não exigia muito esforço mental, qualquer lugar-comum daria conta.

Boy era toda preta, com uma faixa branca na barriga. Porte médio. O rabo aristocrático fazia pensar numa possível ascendência *collie*. Acho que compreendeu ter alguma função a desempenhar ao meu lado, mais ou menos como esses cães que guiam os cegos. Não protestou, entrou no carro e veio quietinha de Mangaratiba a Vila Isabel, desceu do carro na garagem do edifício e me seguiu elevador adentro, mesmo ela, que em toda a vida nunca vira um elevador. Eu disse a ela Boy, é só por uns tempos, e os olhos amendoados compreendiam tudo, aceitavam todos os meus caprichos, Boy parecia ao mesmo tempo muito cansada e com calma e energia suficientes para me ajudar no que quer que eu tivesse de fazer.

Talvez ela já soubesse, desde o início. Por isso todo seu ar de triste resignação.

Possibilidade número um: uma crise de asma. Fazia muitos anos que ela não tinha crises de asma, mas nunca se sabe, uma predisposição, vai ver tinha mexido nas velharias do armário, naqueles ninhos de poeira que ela chamava de caixas de recortes, havia um milhão de retângulos amarelados extraídos de jornais e revistas, coisas de que ela dizia precisar (ou talvez vir a precisar um dia, dali a uns cem anos) para escrever seus contos e romances. Assim: hoje lia um artigo interessante sobre as sequoias gigantes, o esboço de uma ideia vaga passava-lhe pela cabeça, o artigo sobre sequoias gigantes ia para uma das caixas de recortes. Havia dessas caixas em Mangaratiba. Quem sabe foi isso, quem sabe as sequoias gigantes desencadearam uma crise de asma, e ela, imprudente, foi assim mesmo nadar.

Possibilidade número dois, preferida pela mídia: suicídio. Tudo porque acharam o poema, acharam-no copiado numa folha de papel e preso com um ímã na porta da geladeira lá em Mangaratiba. *Nas ondas da praia, nas ondas do mar, quero ser feliz, quero me afogar.* Acharam, deduziram que era a nota de suicida, a despedida de Teresa, via Manuel Bandeira.

Possibilidade número três: um bicho desses, um tubarão. Sei lá. Um tubarão perdido na costa de Mangaratiba, zangado, acuado e faminto. Não precisava nem ser uma fera spielberguiana. Será que um tubarão matava Teresa? Se comesse a perna, digamos: ela conseguiria voltar para a costa a nado? Quando os tubarões comem gente, comem tudo ou deixam restos, um pedaço ou outro? Se o dito tubarão tivesse comido partes de Teresa e deixado outras, teríamos encontrado essas outras? Não, provavelmente peixes menores teriam dado cabo delas.

Possibilidade número quatro: Teresa nadou até aquela pedra em que gostava de subir, mas escorregou, bateu com a cabeça e desmaiou, acordando com amnésia. Algum barco passando por ali a avistou, o dono era malvado e a vendeu para uns japoneses que a estão prostituindo, neste exato momento, numa boate em Tóquio.

Possibilidade número cinco: o problema é comigo. Nunca houve Teresa, não se perde o que jamais se teve, tudo foram delírios, fabulações, alucinações, improvisações, divagações. Estou notando como são macias estas paredes. E o chão: fluido, líquido. O chão é um solo de trompete, as paredes são Ella Fitzgerald cantando "Misty". *Look at me, I'm as helpless as a kitten up a tree.* As janelas são João Gilberto cantando "Da cor do pecado".

Venta um pouco, sob o sol de fim de tarde, e o relógio digital marca 16:48. Está passando, eu sei. Sempre passando. 16:49. Está em mim. Vejam só, ele jura que deu entrevista para o repórter do telejornal. Não se perde o que jamais se teve.

Eu vi uma rosa

Uma vez resolvemos ir acampar. Eu nunca tinha acampado na vida. Teresa, poucas vezes. Arranjamos umas coisas emprestadas, barraca, sacos de dormir, fogareiro, colocamos no carro junto com umas sopas de saquinho, pão integral e bolo, e fomos para o Parque Nacional de Itatiaia.

Acordamos muito cedo, no dia da viagem. Havia uma felicidade quase mística na cidade que amanhecia, poucos carros nas ruas, a palidez do céu ainda inseguro de ser dia, uma limpeza de coisas não reveladas. Eu passava pelas ruas com cuidado, para não despertar o que quer que fosse que ainda estivesse dormindo, embora por pouco tempo, alguma coisa aconchegada na aurora.

Você não acha bom não saber do futuro?, Teresa me perguntou, de repente.

Não respondi de imediato. Eu não estava pensando no futuro. Nem na possibilidade de haver um futuro. Muito pelo contrário: estava capturado pelo presente e sabia que ele escorregava para outro presente, é curioso o fato de o presente ser tudo o que existe e, ao mesmo tempo, não existir. Tempo — ficção pura, como nos melhores filmes ou romances. Um rio que corre, mais nada.

Não falei sobre essas coisas com Teresa naquele começo de manhã. Respondi com outra pergunta: por que você está dizendo isso?

Não sei, me passou pela cabeça. Estava pensando no romance novo, imaginando minha personagem, a colombina.

Ela é uma doidinha que se acaba nos bailes de Carnaval sem querer saber do dia seguinte?

Teresa riu. Quem sabe? Acho que ela vê a vida de uma maneira um pouco mais simples do que a maioria das pessoas. Mais direta, talvez.

Um dia depois do outro?

Acho que sim, mas sem o jeito de conselho da vovó que essa frase tem. Pensa nisso com mais profundidade, vê se consegue tirar a poeira do lugar-comum. Viver um dia depois do outro. Não pensar no outro dia. Não saber do futuro e não querer saber. Ir agindo conforme as coisas se apresentam. Sem culpa, inclusive.

Hoje me lembro bem das palavras dela. Continuamos conversando sobre seu novo livro durante um bom tempo, na estrada. Acabou de amanhecer, Teresa colocou uma música. Algumas horas depois, quando já chegávamos perto de Resende, paramos o carro numa lanchonete de beira de estrada.

Não havia muito movimento, àquela hora. Havia nuvens tapando o sol e ventava um pouco. Tomamos um café e comemos pão de queijo, depois Teresa foi ao banheiro e eu fiquei lá fora esperando por ela, sentado na calçada de cimento ao lado da lanchonete. Havia um canteiro malcuidado, e ali eu vi uma rosa. Branca. Absolutamente comum, sozinha no mundo.

Manuel Bandeira escreveu sobre uma rosa assim. Sozinha no mundo, sozinha no tempo. A vida imita a arte, que imita a vida, que imita a arte, e por isso as duas coisas acabam sendo uma só, como todos sabemos. A rosa de Manuel Bandeira, naquele momento eu não me dava conta, mas hoje vejo, a rosa estava bem ali à minha frente. Exatamente como ele disse: tudo ao redor da rosa era excesso, a natureza que em formas e cores e sons esplendia, nuvens e montanhas altíssimas. E a rosa, ali perto do chão, no meio de um canteiro malcuidado de uma lanchonete de beira de estrada. Virgem, esperando o arcanjo.

Diante de toda a imponência das Agulhas Negras, que contemplamos mais tarde, e que subimos no dia seguinte, até o pico, a imensa pedreira negra estriada, tão longe do mundo, tão acima das nossas vidas sob as nuvens, eu não me esqueci da rosa branca.

À noite, diante do fogareiro a gás, cozinhando uma sopa ruim numa panela vagabunda, Teresa estava quieta, o rosto mal iluminado pela fraca chama azulada. Em outras barracas, aqui e ali, as pessoas falavam baixo, em respeito ao silêncio do lugar. Eu não estava acostumado com aquilo, gente que respeitava o silêncio. Na cidade, inchada de barulhos de todos os tipos, eram mil buzinas que falavam, animadores de festinhas de aniversário cuja voz se ouvia por dois quarteirões, carros com aparelhagens de som assassinas, muitas vozes, muitas, as pessoas todas pareciam precisar falar o tempo todo, até mesmo no meio de uma sessão de cinema, e os telefones celulares, e um ronco de bronquite nas ruas, nas feiras livres, nas filas, nos bares. Eu não estava acostumado com o silêncio.

Havia pouca gente acampando, era meio de semana. Teresa, perto dali, estava tão longe. Estava em algum baile de Carnaval, entre os mascarados? E quem procurava? Pierrô? Arlequim?

Enquanto a sopa cozinhava sem nenhuma pressa, ela olhava para as montanhas imensas, mais escuras que o céu escuro. Eu a via de perfil e me perguntava por que diabos tivera aquela impressão esdrúxula na festa em que nos conhecemos, a impressão de que a cara de Teresa parecia uma perna. Era uma cara comum, agora. A cara de uma mulher à meia-luz do fogareiro a gás, olhando para as montanhas.

No meio da madrugada, Teresa acordou e saiu da barraca para vomitar. Achei que era por causa da cachaça que tínhamos bebido talvez em excesso, castigando o estômago não muito forrado.

Não, não foi isso, respondeu Teresa.

Você está grávida?, perguntei, à queima-roupa.

Ela riu. Não, não estou. Não é nada, vamos dormir. Voltamos a dormir. Mas uma coisa muito estranha aconteceu. Ouvi cascos de cavalo, à noite, e alguma coisa derrubou a panela de sopa, lá fora. Não quis acordar Teresa de novo, ela agora dormia a sono solto. Os cascos de cavalo se aproximaram da barraca, pensei que era improvável haver um cavalo solto ali. Ouvi um resfolegar. E foi tudo. Quando contei isso a Teresa pela manhã, ela falou deve ter sido sonho. Ou então quem sabe nós fomos visitados pelo demônio das Agulhas Negras.

Às vezes eu saía de tarde para comprar um lanche. Na padaria Princesinha do Maracanã. Dobrava a esquina da rua Dona Maria, ia andando pela calçada quebrada (as calçadas por ali eram quase todas quebradas).

Primeiro ficava aquela creche com nome simpático, eu sempre imaginava bebês dormindo lá dentro enquanto mulheres tranquilas entoavam acalantos, mas talvez não fosse exatamente assim, não sei, nunca transitei por esse universo. Depois eu passava pela oficina mecânica, era espaçosa mas muitos carros ficavam parados na própria rua, carros mais ou menos destruídos. Aquilo me dava uma sensação esquisita, caminhar em meio aos destroços de acidentes. Não eram carros estacionados, eram criaturas moribundas esperando que viessem salvá-las do ferro-velho, ali, expostas aos olhos de todo mundo. Uma vez um carro preto estraçalhado ficou durante dez dias junto ao meio-fio, mal coberto por um plástico preto que se soltou parcialmente durante uma ventania e ficou estendido pelo meio da rua, como a cauda de um vestido jogado no lixo.

Depois da oficina vinham então as casas e mais uma creche, e numa das casas a Branca de Neve e os Sete Anões enfeitavam com alguma tristeza um jardinzinho minguado. E então eu chegava à Princesinha do Maracanã.

Aquelas curtas caminhadas para comprar o lanche me faziam feliz. Mesmo com as calçadas quebradas, mesmo com o feio espetáculo dos carros em destroços. Eu achava que poderia passar o resto dos meus dias assim, existindo pequeno, dando aulas de latim enquanto houvesse alunos de latim, comprando lanche na padaria Princesinha do Maracanã e namorando Teresa sem hora marcada, de tarde, de madrugada, de manhã. Pronto.

Mas ela não pensava dessa maneira. Definitivamente não. Como pode, eu hoje me pergunto, tendo por testemunha o meu bloco vagabundo de papel, como é possível que com Teresa eu tenha descoberto a beleza das pequenas coisas, e ao mesmo tempo compreendido que certas existências precisam galgar o grandioso, precisam de superlativos? Se a vida imita a arte, que imita a vida, que imita a arte, Teresa era um personagem de Teresa. Ela se escrevia. A vida de Teresa era o romance da vida de Teresa. Parece que ela me ensinou a olhar para os dois extremos: para a Branca de Neve no jardim da casa na rua Dona Maria, para a Branca de Neve vencedora do Oscar, rica e glamourosa, recebendo cachê com vários dígitos, em dólares. Para a rosa na lanchonete de beira de estrada perto de Resende. Para as rosas caras das floriculturas, expostas atrás de vidros impecavelmente limpos, formando belos arranjos com ramos de trigo e cipreste, violetas e orquídeas.

Cantiga

Boy ficou me olhando demoradamente em sua primeira noite na cidade grande. Pobre Boy. Mas a impressão que ela sempre me deu foi a de ser muito mais e saber muito mais do que aparentava.

Ficou me olhando, e seu olhar parecia me sugerir: por que você não vai visitar a rainha africana, por que você não vai conhecer a casa que Marisa transformou numa coisa moderna e bacana, sem paredes internas? A Lapa é bonita, está na moda, você tranca este apartamento para todo o sempre — antes me leva de volta para casa, é claro —, joga a chave por cima de algum muro, com sorte você consegue arremessá-la dentro da piscina de água podre. Afogue a chave. Vá embora, troque a Princesinha do Maracanã pela Rainha Africana da Lapa.

Era um exagero imaginar Boy dizendo aquilo. Afinal, Teresa era sua preferida. Ou não era?

E além disso eu nem sabia se Marisa estava disponível no momento. Ou se queria saber de mim. Já tinha ouvido dizer muitas vezes que a maior das burrices emocionais era reatar com algum ex, de qualquer sexo ou estatuto. Também já tinha ouvido dizer que não era prudente se pautar por máximas, o que vinha a ser uma máxima, e estava inaugurado mais um paradoxo, ainda que meio chinfrim. Mas os paradoxos são interessantes. Já perdi o sono mais de uma vez tentando escapar daquele, muito simples, acompanhando a afirmação de alguém que confessa: eu minto.

A chave, continuava dizendo Boy, sem dizer. No fundo da piscina de água podre, e pronto. As contas vão continuar chegando com o nome de Teresa e você não tem nada a ver com isso. Largue o remédio contra micose sobre a pia, vá morar na casa de Marisa e deixe que toda essa história escoe pelo buraquinho do piercing que ela tem na sobrancelha.

Admirei-me. Como é que ela sabia que Marisa tinha aquele piercing na sobrancelha? Palpite, talvez. Combinava, Lapa e piercing na sobrancelha. Vá chorar no colo dela, rapaz, diziam os dois olhos amendoados.

Depois Boy foi se deitar, é impressionante o sono que têm os cachorros. Mas não segui seus conselhos. Não queria saber de Marisa, naquele momento ela era só uma porção de chopes e uma outra porção menorzinha de doses de Steinhaeger. Não queria combater, não queria ser soldado. Até porque não tinha, como não tenho, nunca tive talento para estratégias de guerra, se me mandassem fazer silêncio era quase certo que eu espirrasse na hora H, se me dissessem que alguma coisa era muito séria e urgente eu teria um acesso nervoso de riso e tremedeira nas pernas, se me orientassem a ser absolutamente pontual eu com certeza me atrasaria. Certo, tudo isso também poderia ser considerado estratégia de guerra, mas não era. Tratava-se apenas de uma certa inadequação, que de algum modo vinha casada ao meu bom mocismo. E tudo ficava dentro dos limites do suportável.

Mas se eu desse um passo, um único que fosse. Um passo para fora do círculo de giz. Num certo sentido, foi o que aconteceu. Um passo para fora da minha órbita, para fora da minha hora. O que é que existia, para lá das águas?

Os meus alunos de latim, eles próprios criaturas meio improváveis, gostam de mim, como disse antes. Na escola, tínhamos às vezes uns professores esquisitos: certa professora de geografia branca feito cal e sempre de preto. Certo professor de física que pesava uns cento e cinquenta quilos e ameaçava se atirar sobre a turma quando atrapalhávamos a aula. Certa professora de português que torturava os alunos, deixava-os em pé até atinarem com a resposta de uma pergunta, rolava entre nós o boato de que o noivo se suicidara, e por isso ela era assim meio destrambelhada.

Professores esquisitos estão em toda parte, poderia ter dito, muito a propósito, a cachorra Boy.

O primeiro prêmio foi num concurso badalado promovido pela Academia Brasileira de Letras. Um dinheirinho bem razoável e ótima divulgação. Uma revista chegou a fazer uma matéria sobre moda e literatura usando Teresa como modelo: ela posou de Lucíola, posou de Capitu, posou de Macabéa. Depois posou de Teresa mesmo, mas de mentirinha, porque na foto usava um vestido estranhíssimo (e atualíssimo, desconfio) que nem em espírito frequentava o seu guarda-roupa — em primeiro lugar porque ela não teria dinheiro para comprar, e em segundo lugar porque, afinal, onde usar? Nas aulas de português? Para beber com os amigos no Petisco da Vila? Depois da sessão de fotos, a loja deu o vestido para Teresa. Custava quase a sua renda mensal. E aí então a Teresa de mentirinha virou Teresa de verdade.

O segundo prêmio foi num concurso de nome bonito: Benoît Vauville. Concedido por uma empresa francesa para romancistas latino-americanos com menos de trinta e cinco anos. Teresa ganhou o prêmio em dezembro. Faria trinta e cinco em janeiro. Na cerimônia de premiação, viajou a Paris e levou na mala o vestido estranhíssimo, atualíssimo e caríssimo. Voltou de viagem com um mantô quentinho que, para ser honesto, eu nunca soube onde ela iria usar. Teresa de verdade virou de mentirinha e virou de verdade e virou de mentirinha, foram tantos avessos e direitos que perdi a conta, cheguei à conclusão de que ela era *double-face*. Tudo bem, nada de mais. Ela era inofensiva e, para falar a verdade, ficava bem bonita naquele vestido, por mais estranho que fosse, os cabelos num coque frouxo igual aos que usava em casa, mas que agora lhe custavam um bom tempo de espelho. Arranjou uma calça cinza que me deixava metade excitado e metade enciumado porque marcava a bunda de um jeito irresistível, e deixava suas pernas estúpidas deliciosas. Não sei quem é ou quem foi Benoît Vauville, mas em seu nome a conta bancária de Teresa engordou um pouquinho mais.

De repente, o sucesso. Pensando um pouco, é possível imaginar que não tenha sido de repente, que ela já escrevia há um bom tempo, lançara três livros e estava prestes a lançar o quarto, ia trabalhando devagar e sempre, falava-se dela aqui e ali, um pouquinho mais hoje do que ontem. Mas para ela, e para mim, foi de repente.

Nosso círculo de giz.

Desentranhar a poesia deste mundo. Eu bem que gostaria. Alguma coisa sempre me escapa, amigo Manuel Bandeira, meu irmão. Alguma coisa sempre me escapa. Os amores, os chinelos.

Minha Pasárgada passou a ficar bem na esquina, quando eu me vi sozinho naquele apartamento subitamente enorme. Podia vê-la da janela.

Chamava-se Estephânio's Bar e enlouquecera Teresa no último Carnaval porque os ensaios do Bloco dos Artistas eram ali na rua, aos domingos, de quatro da tarde às dez da noite. Chegamos a decorar, em caráter compulsório, a letra do samba-enredo: quem é você pra me negar o seu amor?

A poesia seria mais fácil se Teresa tivesse sido só uma paixão sem amanhã. Mas eu acho que teria tristezas do mesmo jeito, todos as temos, compulsórias como o samba-enredo do Bloco dos Artistas.

Telefone para Marisa, convide a moça para ir com você ao bar, sugeria a presença quieta de Boy, ecoavam as paredes tão próximas. Não dei ouvidos a nenhuma delas. Também não pretendia chamar meus antigos amigos. Onde eles estavam? À distância de um telefonema? Para Pasárgada, era preciso ir desacompanhado.

Numa das muitas vezes em que fui até o bar, atravessando a rua, e escolhi uma mesa do lado de fora, na calçada, estava tocando Beatles. Fiquei sentado na cadeira amarela, diante da mesa e de uma outra cadeira da mesma cor, só que vazia, e do meu lado conversavam um cara de cabelo rastafári e uma garota de saia curtinha, as pernas nuas cruzadas sobre as pernas do cara de cabelo rastafári. Comi uns pastéis, bebi qualquer coisa. Só queria mesmo ficar um pouco ali.

Quando voltei para casa, havia algumas vozes desgarradas pela rua. Um carro da polícia na esquina, estava ali fazia alguns dias, para evitar que as pessoas dobrassem a rua na contramão, o que atrapalhara um pouco a minha vida, aquela contramão já era hábito de todo mundo por ali, tão fácil e inofensiva. Os policiais estavam comendo churrasco no espeto, conversavam com o sujeito que vendia o churrasco. Por outro lado, é possível que eu não tenha visto nada disso, porque já era madrugada. Não sei se aqueles policiais ficariam trabalhando até de madrugada.

Cumprimentei o porteiro, que cochilava e acordou num sobressalto, eu não fiz por mal, mas tinha que entrar no prédio. O elevador subiu os sete andares. Não acendi a luz ao abrir a porta de casa. Sempre gostei do escuro, e é fácil andar no escuro quando o ambiente é familiar. Boy veio ver o que era, relaxe, sou só eu, e ela foi se deitar de novo no quarto, embaixo da cama. Sentei-me no sofá, agora me parece que fiz isso com uma enorme delicadeza, como se eu fosse a Mme. Dufour e não pudesse correr o risco de amassar meu vestido de seda cor de cereja. Não, mas eu não era Mme. Dufour, isso constatei pelo tato das calças jeans e pelo que encontrei dentro das calças jeans, rígido, ao abrir o botão e a braguilha. Sim, senhores, rígido, duro como nas velhas manhãs adolescentes. Lembrei-me do hippie Woof escandalizando o trio de mocinhas que cavalgavam no parque, em *Hair.* Sodomia, *fellatio*, *cunnilingus*, pederastia, cantava ele, e emendava, a masturbação pode ser divertida.

Não me vieram à mente Teresa nem Marisa, nem Carla nem Mag e nem Eneida, ninguém, nenhuma mulher, só um desejo grosseiro e sem objeto que não deixava de ser agradável. Não sei no que pensei, em que situação, não sei qual foi a historinha que bolei para acalentar aquele impulso — desde garoto sou assim, preciso de uma historinha, de um enredo —, mas ali estava eu no meio de minha mão fechada e fiquei sem saber o que fazer com a mão, em vez de ir lavá-la no banheiro tirei a camisa e limpei-a ali. Pode ser divertida, cantava Woof. No instante seguinte, enquanto meu coração ainda batia rápido e minha respiração ainda estava acelerada, vieram os soluços.

Não sei se chorei como Woof ou como Mme. Dufour ou como eu mesmo quando garoto (na época em que aprendi a me masturbar, eu não chorava), mas a solidão era abafada, suada, pesada, era um batidão tecno reverberando em minha dor de cabeça. Desentranhar a poesia deste mundo. Desentranhar, tirar das entranhas. Dissecar este mundo, alcançar suas vísceras, suas tripas. Será que é ali que mora a alma? A poesia? Ali, em minha camisa suja? E se talvez uma camisa suja e uma camisa limpa se equivalerem, no fim das contas?

Fui até a varanda, a umidade em meus olhos fazia tremeluzir e saltitar as luzes que ainda estavam acesas, nos prédios. O carro da polícia eu acho que estava lá embaixo, estacionado na esquina, será que estava mesmo? Depois, me deu raiva. Eu queria arrancar a samambaia e atirar nos guardas, nos caras do Estephânio's, no porteiro, na cachorra Boy. Queria aprender a debochar de mim mesmo, a encarar tudo aquilo como uma grande piada, quem sabe eu estava chorando de tanto rir, e aí bastava dizer então tá, pessoal, *ciao,* está na minha hora, puxa, vocês são mesmo engraçados. Vocês, meus conterrâneos, essa gente que perambula por aqui também, dentro de um troço chamado existência, por cima de um troço chamado mundo. Me deu vontade de largar a minha risada como troco. E plantar com ela a minha indiferença. A minha imunidade. Virar as costas. Mas foi só vontade.

Acharam o poema "Cantiga" copiado numa folha de papel e preso com um ímã na porta da geladeira, lá em Mangaratiba.

O senhor não tinha visto isso antes?

Não.

Será que a sra. Teresa tinha algum motivo para se matar? Um motivo que todos desconhecessem?

Não sei.

Na verdade, os oito meses que passei com Teresa foram um intervalo de tempo bem ingrato. Melhor se tivessem sido oito dias, ou oito anos, mas não aquela cifra intermediária, que não me deixava livre para fazer assertivas ou negações. *Nas ondas da praia, nas ondas do mar, quero ser feliz, quero me afogar.*

Disse o noticiário da televisão que Teresa era a mais importante revelação literária do país na atualidade. Talentosa, jovem, bonita, acabava de ganhar dois prêmios importantes, as vendas de seus livros passaram a ir de vento em popa. O que aconteceu depois de sua morte, porém, foi um daqueles fenômenos que talvez só a lei das casualidades possa explicar.

Quando morreu, Teresa virou moda. As magras edições de seus livrinhos de contos esgotaram, e a baita editora importante anunciou que ia relançá-los, agora como convinha (não com aquelas capas que pareciam coisa de edição do autor, onde já se viu!). Comprou os direitos da outra editora, a menorzinha. O romance que ela publicou em março virou best-seller da noite para o dia e um diretor de cinema anunciou pouco depois que ia transformá-lo em filme. Quem diria, Teresa morta era ainda melhor, mercadologicamente falando, do que Teresa viva. Não faltaria muito para estarem lançando biografia dela, fazendo teses universitárias sobre ela, talvez Teresa Dois resolvesse lançar um livro de fotografias das duas na Tailândia. De preferência com pouca roupa. E talvez escrevesse sobre a vida sexual delas.

Eu não sabia se era isso o que Teresa tinha em mente quando pensava no sucesso, mas de qualquer modo imagino que ela fosse querer ficar viva para ver. Por outro lado, eu também não sabia até que ponto aquela obra tão minguada poderia se sustentar *ad infinitum*. Devia estar previsto o momento em que Teresa seria esquecida. Em que sairia de moda. Depois de seis meses ou seis anos. Sem novos livros para confirmar ou refutar a tese de que se tratava da mais importante revelação literária do país na atualidade, ainda por cima. A "Cantiga" de Manuel Bandeira seguiria adiante, mas a casa em Mangaratiba acabaria ruindo, os ímãs de geladeira terminariam seus dias na lata de lixo, e as notas dos suicidas seriam quase todas esquecidas.

Pensar nisso fazia com que as coisas começassem a destilar um sentido perigoso.

E, afinal de contas, era mesmo uma paixão sem amanhã, daquelas de fazer inveja aos antigos boêmios que frequentavam a Lapa antes de a Lapa virar moda, antes mesmo de a Lapa ser considerada um lugar frequentável, onde Marisa derrubara as paredes internas de sua casa de vila. A Lapa dos anos 1920, de Jaime Ovalle, Manuel Bandeira e Ribeiro Couto, Dante Milano e Sérgio Buarque de Hollanda, de Villa-Lobos e Di Cavalcanti. A Lapa, o beco. Que importa a paisagem, a Glória, a baía, a linha do horizonte?, perguntou-se Manuel. Ele disse que o beco, não podendo mais, rebentou em Mangues, por exemplo, e até no *Ulisses,* de Joyce. E que foi ali que os proustianos Odette e Swann se encontraram pela primeira vez.

Dá para ir a pé da casa de Marisa até a rua Morais e Vale, onde morou o poeta. Eu sabia disso. Infelizmente. Talvez tenha sido o motivo pelo qual eu não pudesse seguir os supostos conselhos da cachorra Boy e ir buscar em Marisa uma genuína Pasárgada, nela e em sua Lapa pós-moderna. Por exemplo: vou-me embora pra casa de Marisa, lá sou amigo da rainha africana. Lá tenho a mulher que eu quero na cama que ela escolher. Vou-me embora pra casa de Marisa. Vou-me embora pra casa de Marisa, aqui eu não sou nem serei feliz. Lá a existência é uma aventura de tal modo anestesiada que Pixinguinha, o gênio brasileiro, rei, menino e santinho, vem a ser vizinho de porta do filho que nunca tive.

Não.

O poema "Cantiga" estava preso com um ímã em formato de peixe. Um peixe prateado, suave ser imaginário. Os versos escorregavam pelo papel na caligrafia desleixada de Teresa. Vieram as pessoas, viram, levaram embora. Mais tarde tive que depor, é claro, mas a polícia não se deu ao trabalho de me considerar um possível suspeito. (Possibilidade cinco: fomos até a praia, entramos n'água e eu afoguei Teresa. Talvez viessem a encontrar o corpo enterrado em algum lugar, e aí viriam me interrogar de novo, e eu me atrapalharia comigo mesmo, confessaria que ensinava latim para uns seminaristas, e isso seria o suficiente para que virasse suspeito de um crime que não cometera.)

A verdade, Boy, Manu e Mme. Dufour, é que ali eu não era nem seria feliz.

Boy levantou os olhos para mim, sem levantar a cabeça. Ela ouvira seu nome em meus pensamentos. Depois olhou para o telefone sobre a mesa, e de novo para mim.

Está bem, Boy. Em nome de nossa amizade, a de nós dois, eu e você. Apanhei o telefone, procurei um número no caderno de telefones. Alô, disse a secretária eletrônica da rainha africana, no momento não posso atender. Obrigada por ter ligado, deixe seu recado após o sinal.

Alguns dias depois da morte de Teresa, fui remexer em seus escritos, por não saber mais o que fazer. No seminário me deram licença remunerada, que emendaria com as férias, sabiam que eu precisaria passar algum tempo arrumando a casa, a minha casa. Fazendo projetos para a reforma e a nova disposição de móveis e objetos. Estudando exatamente onde guardar as impressões, o amor que não amadurecera, a possibilidade de que o amor não fosse amor ou o fosse até demais, a desumana velocidade com que tudo acontecera, batidão tecno, os pezinhos frios de Teresa, Mangaratiba, o céu todo estrelado e as manchetes dos jornais. Aulas de português, Benoît Vauville, Capitu, vestido estranho e o *Requiem* de Stravinski.

Em meu quarto de hotel não tenho computador, escrevo à mão. Mas o princípio de tudo se deu no computador de Teresa, que comecei a usar, e onde encontrei uma pasta chamada Romance Novo. Notas eletrônicas para a trama que tinha se afogado junto com ela. Sobre aquele romance, Teresa não tinha me falado muita coisa, na ocasião do acidente em Mangaratiba ela ainda estava envolvida com as leituras. O tlec, tlec, tlec restringia-se às notas que ela tomava de vez em quando, e que para mim, semanas depois, pareciam bem incompreensíveis. O óbvio estava apenas nos nomes de poemas de Manuel Bandeira que ela queria usar no romance. "Pierrot branco", por exemplo, era para o último capítulo. Mas, se eu não estava de todo enganado, tinha uns versos nesse poema que ela queria para epígrafe.

Fiquei remexendo nos escritos dela, abrindo a caixa postal em que ainda chegavam muitas mensagens para teres@, e quando dei por mim a doença do tlec, tlec, tlec havia tomado conta dos meus dedos, que, diga-se de passagem, são bem mais ágeis do que eram os dela, afinal foram educados em curso de datilografia. Não, nunca tive qualquer ambição literária. O que eu começava a escrever como se fosse ela nem precisava ser bom. Nem precisaria ser publicado. Ninguém leria. Era só para dar forma àquela sensação de andar por ruas líquidas e respirar um ar pastoso e dormir noites ocas, era só para saber o que fazer com o céu quando ele crescia, se avolumava e perigava cair sobre a minha cabeça como uma samambaia que despencasse da varanda. Eu tinha três personagens em minhas mãos, pierrô, colombina, arlequim (quatro: não devia me esquecer da pierrete), e mais o *Estrela da vida inteira*, e mais os marulhos da praia em Mangaratiba, bordão, ostinato, dentro de meus ouvidos. Quem sabe, tinha também a vontade de gritar a plenos pulmões.

Acostumei-me muito rápido à capa azul do livro, às letras brancas e douradas, à fotografia em preto e branco de Manuel Bandeira, aos pedaços de fita durex que evitavam que o livro se decompusesse. Acostumei-me às orelhas, às pontinhas dobradas, às linhas amarelas, verdes e cor-de-rosa feitas com marcadores de texto, à epígrafe para a edição das *Poesias completas* que se transcrevia ali, com a caligrafia do poeta: *Estrela da vida inteira, da vida que poderia ter sido e não foi. Poesia, minha vida verdadeira.*

Acostumei-me às outras fotografias: de Bandeira recebendo a Ordem Nacional do Mérito das mãos do presidente Castelo Branco. De Bandeira conversando com o pequeno jornaleiro, em frente ao Museu Imperial de Petrópolis. De Bandeira em 1905, com a mãe e a irmã, ou em 1922, com os amigos de São Paulo, ou em 1940, tomando posse na Academia. De Bandeira em 1966, aos oitenta anos, em sua casa de Teresópolis.

O livro foi se tornando íntimo. E, assim, fiquei amigo de Manuel Bandeira. Passamos vários dias conversando, de manhã até de noite, de tarde da noite até de manhã. Fiquei conhecendo coisas de sua vida, e outras que escrevera, em verso e em prosa. Enquanto isso, pierrô, colombina e arlequim (e pierrete) urdiam por conta própria, em algum outro lugar, uma trama insólita, à revelia das minhas capacidades criadoras.

Soube que Bandeira conhecera pelo menos uma Teresa, e em outro lugar achei um poema que não estava no *Estrela da vida inteira*, mas que fora publicado durante o Mês Modernista do jornal *A Noite*, e que era uma espécie de "tradução pra caçanje" de uns versos do Joaquim Manuel de Macedo. O poema falava de uma Teresa, também, mas sugeria: *Teresa, se algum sujeito bancar o sentimental em cima de você e te jurar uma paixão do tamanho de um bonde... Não acredita não Teresa. CAI FORA.*

Fiquei sabendo que no Mês Modernista Bandeira ganhou o seu primeiro dinheiro com a literatura: cinquenta mil-réis por semana. Era um arranjo de Oswald de Andrade, mas quem tomou as rédeas e indicou os colaboradores foi Mário — que disse, a um Bandeira a princípio relutante em escrever para o jornal: *Vocês estão fazendo chiquê com* A Noite. *Aceitem logo!* Bandeira escreveu que estava com medo de ficar parecendo elefante ensinado do circo de Sarrasani. Aí, devolveu Mário: *Se você me dá os elefantes do circo Sarrasani pra mim, faço uma das meias colunas com isso. É um bom jeito de mostrar que a gente não cai na esparrela e em última análise nada mais somos do que elefantes en-*

sinados, nós artistas. Deixe de ser historiento, que é isso mesmo!

Essas coisas descobri nos longos bate-papos com Manuel Bandeira. Estava pegando emprestadas por um tempo as memórias dele, e como era bom, isso. Porque das minhas eu tinha um certo medo. Sobretudo depois que tinha ido visitar o beco.

As palavras lá no alto da folha diziam quais eram as minhas opções, Arquivo, Editar, Exibir, Inserir, Formatar, Ferramentas, Tabela, Janela, Ajuda. No canto direito, embaixo daquelas palavras, depois de uma escala que me permitia ver meu texto, ver-me a mim mesmo em cem por cento, ou cinquenta, ou mesmo dez por cento (eu precisava experimentar), havia um balãozinho com uma interrogação. Era o que mais me chamava a atenção em toda aquela poluída folha de papel informatizada. Tlec, tlec, tlec, eu digitava, ágil e desnecessário: há determinadas coisas pelas quais não se pode passar impunemente. É isso, mas e daí.

Marisa

Alô? Daquela vez, quatro dias depois, não era a secretária eletrônica.

Marisa?

Ela reconheceu a minha voz e disse oi, como você está? Tudo bem (puro hábito).

Rapaz, fiquei preocupada com você.

Deixei um recado na sua secretária eletrônica faz alguns dias.

Eu ouvi ontem de manhã, é que passei a semana toda fora, tive que fazer uma viagem a trabalho. Só que você esqueceu de deixar o seu telefone.

Era verdade.

Vamos dar uma volta, sugeri.

Vamos. Onde?

Onde você quiser.

Passa aqui em casa. Você ainda se lembra de onde eu moro?

Claro que eu me lembrava.

Sabia que Manuel Bandeira morou perto de você?, eu perguntei.

É mesmo? (Não expliquei o porquê do comentário, ela ficou sem entender.)

Depois que desligamos, olhei para Boy, querendo saber se ela teria condições de me dizer como seriam as coisas dali em diante. Se aquela era a melhor forma de arrumar a casa. Ela não respondeu, nem mesmo ao meu olhar. Estava acompanhando um percevejo que andava pelo chão da sala, sobre os tacos. No fundo, talvez Boy achasse que eu estava sendo tremendamente egoísta. O que seria *dela*, pobre Boy trancafiada num apartamento, privada de sua liberdade praiana, impossibilitada de atacar a mordidas a água do mar, puro deleite, e ficar com o pelo da barriga gotejante, e correr metendo as patas na areia encharcada, e dispersar no vento o mar, a areia, sua vida, ela mesma, Boy. E eu: tremendamente egoísta.

Você quer que eu te leve de volta, não é?

Os olhos grudaram em mim por um instante, depois voltaram ao percevejo.

Vou me encontrar com Marisa.

Ela sabia, tinha me ouvido no telefone. Suspirou um suspiro engraçado de cão, mas não fez insinuações, não pareceu satisfeita, não me desejou boa sorte — o que quer que pudesse ser considerado boa sorte.

Você também vem?, eu perguntei, enquanto destrancava a porta.

Com isso ela ergueu a cabeça, piscando os olhos amendoados.

O rabo oscilou quase que imperceptivelmente, traindo sua emoção. Pôs-se de pé, aprumada, um sorriso no olhar fixo em mim.

Abri a porta, e ela ganhou o elevador com um salto, depois com um salto entrou no carro. Banco de trás, ela sabia, pura intuição. Mas não conseguia evitar encostar o focinho no vidro enquanto olhava para fora, ávida de sol e tarde, eram três horas e eu sabia que, para Boy, aquele era o momento sagrado do mundo. Quando o sol começava a se deitar e os raios ficavam enviesados, sobretudo no inverno, e as sombras das coisas se alongavam, e o chão se recobria de trilhas escuras. Ela encostava o focinho úmido no vidro, sujando--o, não faz mal, Boy, depois eu limpo.

Sempre gostei de passar por aquelas ruas e avenidas no sábado. De ver, depois da praça da Bandeira, uma Presidente Vargas descaracterizada e ampla demais, de uns tempos para cá dá para ver aquela atriz no outdoor distribuindo seu sorriso lindo para todos nós, e imitando, com os seus dedinhos lindos, um aparelho de telefone. Lá no último andar estava o letreiro do banco. Sempre gostei de olhar para os últimos andares dos prédios do Centro da cidade, ou então para as sobrelojas com as janelas fechadas de consultórios dentários, manicures e locadoras de filmes pornográficos. Pensei em ir para a casa de Marisa pelo Centro, mas acabei entrando à direita na Cidade Nova, também gostava dali. Era como uma rachadura na pele do mundo através da qual seria possível colocar a cabeça do lado de fora e respirar. Que me enterrassem no Estácio, ou então que pusessem fogo em mim e depois afundassem as cinzas no esquecimento de uma tarde de sábado ali, na Afonso Cavalcanti, diante das portas fechadas, das janelas fechadas, dos poucos pedestres e carros que pareciam sempre incongruentes, como se fossem fatias da realidade atravessando desavisadamente um sonho. Que as minhas cinzas deslizassem imperceptíveis pelas calçadas, por entre as balas do vendedor que montou sua mesinha na esquina da Laura de Araújo, e depois ganhassem a vastidão desocupada da Praça Onze, aberta para a Benedito Hipólito, longe do mar de Ipanema e Mangaratiba, irmanadas a uma outra beleza mais secreta. Que parte dessas cinzas o vento carregasse até o Campo de Santana, mas que outra parte seguisse em frente, pela Marquês de Pombal e pela Riachuelo até a Lapa. Que o pedaço mais delicado e mais insistente dessas cinzas ficasse incrustado em meio aos azulejos antigos que já se despegavam do rosto de um sobrado, o de número 197 da rua Riachuelo, ali estavam um hotel, uma clínica dentária, e lá no alto uma data de nascimento, 1854.

Não sei o que fui buscar na casa de Marisa. Não havia contas a acertar com o passado. Vida noves fora zero.

No banco de trás, Boy estava calada. Um tanto solene, talvez. Pois veja, Boy, não há ondas aqui, nem maresia. Olhe para cima e ao redor, para os sobrados que foram se estragando, que foram sendo mutilados, em alguns deles você ainda pode ler as datas, bem lá no alto. Foi a nossa cidade, não é mais. Que me importam os apart-hotéis no Leblon? Quero de volta esses sobrados. Arrancaram pedaços. Esfolaram. Transfiguraram. E as datas lá em cima choram baixinho. Ouça: 1826... 1854... 1901...

Não sei o que fui buscar em Marisa. Nem sei se fui buscar Marisa em Marisa, mar e brisa. Talvez eu só quisesse mesmo roubar um passeio.

Veio rápido, ela disse, ao abrir o portão da vila onde ficava sua casa. Fez um carinho na cabeça de Boy, mas não perguntou que diabo de cachorro era aquele, e caminhamos ladeira acima. Marisa morava bem no final. Na frente da casa, em seu pequeno jardim, ela plantara um monte de bromélias. Só bromélias, imóveis no meio de pedrinhas brancas. Parecia alguma coisa oriental. Um haicai de Bashô.

A rainha africana plantara um jardim asiático num pedacinho de terra da América do Sul. A porta ela trocara, agora era uma porta de madeira escura com almofadas bem pronunciadas, larga, mais larga que as portas comuns. Ao lado, um sino. Suficientemente alto para que as crianças da vila não tivessem chance de inaugurar o inferno astral de Marisa.

Pensei no que ela iria me oferecer, depois que entrássemos. Chá? Saquê? Maconha? Cerveja, mate, vinho branco? Milagre de Minas? Ela não me ofereceu nada. Mostrou a casa rapidamente, estava bonita, a casa. Embora eu sentisse alguma falta das paredes internas.

Não contei tudo a Marisa. Omiti o principal. Falei do poema epitáfio, do poema nota de suicida, enquanto Boy trotava na nossa frente pelas ruas de Santa Teresa, mantendo certa distância. Falei dos jornais que vieram entrevistar o professor de latim (me admira que você não tenha visto), e de Teresa Dois, da Tailândia, da filha de Teresa Dois, da festa em que conheci Teresa Um. Falei do projeto que ela morrera sem inaugurar, o romance, falei de Manuel Bandeira, que acabara se tornando meu amigo íntimo em tão pouco tempo.

Paramos diante de um muro baixo para olhar a cidade. O sol descia no céu. Chegou o momento em que ele já tocava a linha das montanhas. Tive a impressão de que entrava em meus olhos por baixo, como se viesse do chão e não do céu, eu franzia a testa, deixava só um fiapo entre as minhas pálpebras, não adiantava. Vi meus próprios cílios ficarem cor de laranja. Ficarem em brasa, experiência tão rara. Um calor era muito leve, um calor quase nada no meu rosto. Olhei para Marisa. Ela estava passando o dedo sobre a penugem de musgo que crescia no muro de tijolos.

Quando veio a noite, entramos no carro e fomos para o Centro, nós três. Seguimos pela Primeiro de Março, Marisa sugeriu a Adega Timão. Escolhemos uma das mesas que ficavam na rua, pois assim Boy podia ficar conosco. Boy se deitou sobre os paralelepípedos frios e ficou olhando para as pessoas que conversavam alto nas outras mesas, uma profusão de copos e rostos, de sorrisos ansiosos. Passou uma barata, Boy tentou pegá-la com a pata, mas sem muito afinco, e a barata escorregou para dentro de um bueiro. Um pouco adiante, no meio da rua, um rapaz e uma garota se abraçaram. Lá longe, contra o céu, o letreiro mais azul da universidade se destacava. Não gosto de letreiros grandes. Fiquei irritado com o letreiro daquela universidade, que atrapalhava o céu, que atrapalhava o fluxo do olhar da gente.

Marisa, eu disse.

Hã?

Ninguém no seu trabalho implica com esse brinco que você pôs na sobrancelha?

Uma vez alguém insinuou que alguém teria insinuado que isso era coisa para menininha de vinte anos, não para mim.

E o que foi que você respondeu?

Nada.

Eu acho bonito.

Obrigada.

Pedimos dois chopes. *Quero beber! Cantar asneiras no esto brutal das bebedeiras que tudo em-*

borca e faz em caco... Evoé Baco!, sussurrou-me o amigo poeta. Mas não eram as intenções de Marisa. Uma hora depois, ela disse que estava um pouco cansada, que dormira mal na noite anterior porque alguém na vizinhança dera uma festa de arromba (eu gostei da gíria velha, quem sabe agora estava na moda usar gíria velha, tipo festa de arromba, broto, chuchu beleza). Não sabia se era um convite ou o quê. Mas eu tenho esse defeito, essa recorrente incapacidade de ler nas entrelinhas. É um hábito meu acreditar naquilo que me dizem. Hábito pouco saudável, às vezes até mesmo perigoso. Mas não sou lá muito hábil para suposições — vide Teresa.

Deixei Marisa em casa e voltei com Boy para Vila Isabel. Quando entramos no elevador, disse a ela não me esqueci da promessa, Boy. Amanhã você volta para sua casa.

No dia seguinte pela manhã eu levaria Boy de volta a Mangaratiba. Mas meu maior problema, naquele momento, era que faltavam cerca de dez horas até a manhã do dia seguinte. Dez horas noturnas diante de mim eram como dez anéis na caixinha de joias de uma senhora elegante. Ela não conseguiria usar todos os dez anéis. Era preciso escolher. Dez horas eram um espaço muito grande de tempo. E por isso lá fui eu mais uma vez digitar as teclinhas brancas em busca, sei lá, de um final convincente para um parágrafo, de uma frase para terminar o capítulo daquele (deste) negócio que não era (não é) um livro. Sabia que estava assumindo um risco. Mesmo que não assinasse embaixo de nada. Mas a verdade era que se eu fosse até a janela e gritasse um monte de palavrões ou um monte de belas metáforas para o mundo inteiro, tanto faria. No fundo, no fundo, nada era sincero. E dez horas eram mesmo um espaço muito grande de tempo.

Água forte

Manuel Bandeira se dizia um poeta menor, você sabia?, Teresa me contou, uma vez. E já ouvi crítico afirmando que o talento anda junto com a falta de humildade. Imagina.

Quem sabe eu fosse, então, uma *pessoa* menor. Nem chegavam a passar pela minha cabeça emoções estéticas, como as que sem dúvida tinham ocorrido a Bandeira, só o que eu tentava era encontrar, ou criar, uma moldura para tudo aquilo que acontecera sem explicação.

Uma pessoa menor. Quando comecei a me fingir de escritor diante do computador de Teresa, tive a nítida impressão de que ela não ia me querer como personagem. Quase podia ouvi-la dizer escolha as suas armas, rabisque um sim nesta droga desta vida, com as unhas, de arrancar sangue. Se você vai chegar lá na esquina e dar meia dúzia de berros ou se vai sussurrar alguma coisa por telefone, tanto faz. Está me entendendo? Enquanto personagem que escreve, e é o que você é, tanto faz você escrever deliberadamente bonitinho ou deliberadamente feio. Se espremerem o seu texto, caro personagem autor, sei lá se vai sair sangue, perfume ou água mineral. Nada disso importa. Só te peço uma coisa: diga sim, caramba!

Então de repente, enquanto a voz de Teresa ainda ecoa na memória, eu me lembro do motorista de táxi que jogou o menino dentro do rio Maracanã. Não sei por que me lembro dele. O perfil nítido. Uma vez eu peguei um táxi ali no mergulhão, pouco antes da Praça XV. E ele me perguntou para onde, e eu disse Vila Isabel, e o nome da rua, pode seguir pela avenida Maracanã. Ele disse conheço, já morei ali, entra depois daquela pracinha, como é que se chama mesmo a pracinha?

Ele falava compulsivamente. O carro cheirava a cigarro e estava gelado com o ar-condicionado muito mais forte do que o necessário. O motorista — aliás, piloto (era como ele se definia, eu precisava me atualizar), o piloto disse que uma vez, chegando em casa à noite, encontrou a mulher e o filho pequeno na rua, muito nervosos, e ela disse que tinham acabado de ser assaltados por um pivete. O piloto não teve dúvidas: pediu para a mulher descrever o garoto e dizer em que direção ele tinha ido. Ela falou: foi na direção da avenida Maracanã. O piloto chamou um outro piloto amigo seu e foram atrás do garoto. Acharam, na esquina. Desceram os dois. Eu vou te matar, moleque, dizia o taxista, e o moleque apanhou até quase. Chegou um carro da polícia. E o taxista disse para o garoto que ele tinha muita sorte. Parou de bater, mas o arrastou até o outro lado da rua e o jogou dentro do rio Maracanã. O rio estava raso como quase sempre, só um palmo d'água, mas o moleque deve ter quebrado uma perna, um braço, umas costelas, ficou lá choramingando. E o taxista falou com os policiais, vocês podem fazer o que a consciência de vocês mandar. Os dois: tá limpo, piloto, vai embora, vai trabalhar.

Eu não respondi nada. Não fiz nenhum comentário. Pela corrida, paguei onze reais. Ele me deixou na esquina da rua Dona Maria. E eu fui andando, meio pasmo e meio anestesiado, até a portaria do prédio onde morava ainda com Teresa, não sabia muito bem em que pensar e me ocorreu vagamente essa ideia: uma pessoa menor. Não o piloto, nem o menino que assaltou a mulher e o filho do piloto, nem os policiais. Eu mesmo, *eu* era uma pessoa menor. Encontrei alguma coisa em mim naquele instante, e na verdade era uma falta. Uma incompletude, um defeito que me fosse dividindo e subtraindo conforme passavam as horas.

Uma vez li sobre um povo, parece que foi contemporâneo do rei Teseu e de toda a glória de Atenas. Não me lembro o nome, mas era um povo que vivia tudo ao contrário. A morte era, na verdade, um nascimento. Eles não aprendiam: se lembravam. O futuro era o passado, e vice-versa. Riam quando estavam tristes e choravam de alegria. Não faziam guerra, não conheciam a avareza, a inveja, o ciúme, a ganância. Aos inimigos eles se entregavam de braços abertos, sem resistência.

Definitivamente, Teresa não ia me querer como personagem.

Aquela estrada. A estrada que nos levava a Mangaratiba. De repente me vi desejando que fosse a última vez. Disse-o a Boy. Ela enfiava o focinho por trás do meu assento, como se estivesse me pedindo que abrisse a janela, só por um momento, para que pudesse sentir o cheiro de fora. Atendi ao seu pedido e o vento zumbiu em nossos ouvidos, o vento a mais de cem por hora, o vento do excesso de velocidade, do excesso de pressa. Pensei: gostaria que fosse a última vez.

E por que não vai ser?, ela poderia ter me perguntado, com toda a propriedade.

Uma pergunta que não precisava de resposta. Eu sabia que dificilmente seria a última vez. Não pelo que havia de meu naquela casa, umas memórias, umas camisetas e cuecas, mas pelo que havia de não meu em minha vida, por aquele território que eu estava trilhando desde a morte de Teresa, e achando que a qualquer momento uma bomba ia detonar. Nessas horas, muita gente acaba andando em círculos. Mas eu prometera a Boy que ia levá-la de volta, e estava cumprindo a promessa.

Não havia sol naquele domingo, mas as nuvens não prometiam chuva. Eram só uma tampa cinzenta sobre nossas cabeças, e sua vinda me tranquilizava. Gosto das nuvens. Elas arejam a vida ao abafá-la, espécie de panela de descompressão.

Dava para ver o mar lá embaixo, longe, uma esteira azulada e completamente imóvel. De longe, o mar não tinha ondas, não tinha espuma, não tinha peixes nem pequenas vidas nem pequenas mortes. Não era uma imensidão tridimensional onde pululavam golfinhos e barracudas e lulas e águas-vivas. O mar era um azul-escuro e sólido que acabava logo ali no horizonte porque, afinal de contas, todas as coisas têm que acabar em algum lugar, pelo menos aquelas de que a razão quer dar conta. Mesmo que eu saiba que, na verdade, é exatamente o contrário disso que acontece: nem as minhas fronteiras são fronteiras. Digo mão e volante do carro, mas existe uma zona nebulosa em que o mundo não é nem bem mão, nem bem volante do carro, ou então é ambas as coisas. Nem bem onda, nem bem esteira. Nem bem mar, nem bem areia. Ou então ambas as coisas.

Os vizinhos estavam em casa, haviam ido para o fim de semana, conversamos um pouco naquele tom de pois-é-a-vida-continua. Eles constrangidos, sem saber muito bem o que dizer, eu mais ainda. Os olhos de Boy me agradeciam por eu tê-la levado de volta e ficaram me observando ir embora de sua vida, não sem antes me advertir:

não volte. Não volte para Teresa. Estranhei, pois se afinal Teresa sempre fora a favorita. Mas Boy não deixou margem para dúvidas. Afogue-a, rapaz.

Aos trinta e três ainda se é rapaz? Como se afoga uma mulher que morreu afogada? É possível afogar-se num mar de papel, bidimensional, numa esteira suja de azul?

Não há nada mais gostoso, escreveu Bandeira, e eu li, numa dessas tardes em que o vento assoviava por entre as frestas da porta da varanda, não há nada mais gostoso do que *mim* sujeito de verbo no infinitivo: pra mim brincar. As cariocas que não sabem gramática falam assim.

Bandeira escreveu isso no Mês Modernista, também, numa crônica chamada "Bife à moda da casa". Bife à moda da casa era o prato que ele, Ovalle, Dante Milano, Osvaldo Costa e Germaninha Bittencourt pediam no Restaurante Reis, e que levava de tudo um pouco. E todos os brasileiros deveriam querer falar como as cariocas que não sabiam gramática. Porque era gostoso.

Lá fora o vento voltou a sacudir a samambaia, senti um calafrio.

Eram nove horas quando tocou o interfone. Nove horas, as luzes apagadas, lá longe a favela vagalumeando. Eu acabara de enxotar mais um percevejo de casa. Era o terceiro em uma semana. Talvez houvesse um ninho de percevejos em algum lugar. Quando eu era criança, uma vez descobrimos um ninho de barbeiros num colchão de crina, em Petrópolis. Não sei se percevejos também fazem ninhos.

A princípio não quis atender o interfone, mas uma urgência repentina me fez correr até a cozinha e apanhar o aparelho como se fosse uma corda que alguém lançasse para me puxar para fora do perigo.

Dona Marisa está aqui, anunciou o porteiro.

Ela sabia. Não é possível imaginar que não soubesse. Marisa sabia qual seria o desfecho da história, o desfecho do romance, o desfecho daquela novela que começara na festa, ao som de um batidão tecno. Por isso ela foi me buscar, suavemente imperativa como sempre.

O porteiro não ouviu as interrogações todas que eu mandei em silêncio pela linha e insistiu em algum som mais distinto: alô?

Sim, estou ouvindo. Ela vai subir?

Vai, sim senhor.

Está bem. Obrigado.

Acendi a luz da sala e fiquei olhando para o tapete gasto, de cores desbotadas. Marisa em Teresa. Como conciliar aquilo? A samambaia estava em paz, na varanda, porque já não ventava. Será que eu precisava arrumar alguma coisa para receber Marisa? É sempre o que a gente vê nos filmes, alguém arrumando a casa rápido para receber outro alguém que chega de surpresa. Era o que eu via em alguns cofres da minha memória, minha mãe arrumando a casa rápido porque meu pai chegava do trabalho com vários colegas e anunciava, quando ela aparecia à janela, hoje tem, assustado. Era um corre-corre danado, mas minha mãe sorria, achava graça, ficava animada, no fundo ela gostava daquelas festas improvisadas. Um colega de trabalho do meu pai passava na padaria e comprava cerveja, presunto e queijo, outro colega trazia um uísque, meu pai apanhava gelo, amendoim, azeitonas, sentavam-se na varanda e minha mãe às vezes tocava violão, faziam serestas. Lembro-me de um cara que gostava muito de cantar, com sua voz invejável, e bradava boemia, aqui me tens de regresso, era sua marca registrada. As vozes dos homens e das mulheres se dividiam em "Andança". E todo mundo parava para ouvir minha mãe cantando "Gente humilde".

Será que eu precisava arrumar alguma coisa para receber Marisa? Na indecisão, voltei à cozinha e lavei um copo. Depois entreabri a porta da frente. Pelo vão, em pouco percebi o vulto alto, ela empurrou ligeiramente a porta e eu estava no pequeno hall de entrada, esperando, as mãos molhadas do copo que acabara de lavar.

Marisa não disse oi como vai, não me beijou no rosto, só ficou ali parada com uma expressão séria, as sobrancelhas franzidas como duas lagartas de fogo que passeassem sobre seus olhos, mal contrastando, na penumbra, com a pele marrom.

Vim te buscar, disse ela.

Durante os poucos instantes de silêncio que se seguiram, alguém buzinou, lá na rua. Era uma daquelas buzinas que falavam. Sai da frente, disse a buzina, literalmente. Eu sorri, não havia como deixar de sorrir diante daquela sublime idiotice que homens adultos mandavam instalar em suas máquinas de guerra. O mundo é pele e osso, pensei, assim mesmo, com essas palavras.

Mas Marisa não. Será que Marisa era minha Beatrice florentina, musa casta e luminosa, minha sabedoria? Será que Marisa guardava, entre o mar e a areia e a brisa, camadas e mais camadas de branco, vias-lácteas inteiras? Como fazer das mulatas, eu pensei, musas pálidas? Que metáforas usar? Para falar de Marisa, não me serviriam a neve, as licornes alvinitentes, os lírios, as pérolas grandes como a lua. Serviriam, sim, o açúcar mascavo, a semente do café, uma folha de cortiça, a cerâmica de um vaso. Ela era mar e brisa, estava presa à terra, não subia aos domínios astrais. Às grandes alturas. Beatrice carioca, com seu piercing na sobrancelha grossa. Nada tinha de casta, mas luminosa ela estava, verdadeiramente, no vestido comprido cor de telha, e nas contas do longo colar verde-musgo, e nas mãos sem anéis caídas ao lado do corpo, surgindo das mangas compridas do vestido. A luz amarelada do hall deixava toda aquela cena com uma tez de ouro, e eu me vi ingressando numa cidade nova, enfurnando-me por ruas de terracota, por ruas de terra de siena, quem sabe eu estava em Siena — e não em Florença. Não, rapaz, teria insinuado Boy, se ainda estivesse ali. Acorde, é o Rio de Janeiro mesmo, e tudo bem que seja.

Vim te buscar, repetiu Marisa. Você não pode mais ficar neste apartamento, isso é um absurdo. Onde é que estão as suas coisas?

Que coisas?

Ela não me respondeu. Apenas suspirou. Quando tínhamos nos conhecido, nove anos antes, eu dividia o aluguel de um apartamento na Joaquim Murtinho com um colega da faculdade, mas os móveis eram dele. Até minha cama, que se resumia a um colchão, era dele, e eu não me importava. Lembrei-me de que tinha o meu carro e lembrei-me de Graham, personagem de James Spader em *Sexo, mentiras e videotape*, dizendo que era bom ter um carro e mais nada, porque assim só se tinha uma chave para carregar.

Minhas coisas estão estacionadas na garagem, eu disse.

Você podia separar umas roupas, livros seus, papéis, sei lá, e depois a gente vem buscar o resto. Cadê o cachorro?

Foi embora, respondi.

Como assim, foi embora? Fugiu?

Não, a Boy não era minha. Eu devolvi para os donos.

Pedi que ela entrasse e me esperasse um pouco enquanto eu acatava sua sugestão, ou ordem, separei algumas coisas a esmo e coloquei tudo dentro de três sacolas de supermercado. Quando abri o armário de Teresa para apanhar minha camisa branca, a caixinha de joias dela tocou duas notas, estava com defeito e às vezes tocava umas notas assim, só de a gente esbarrar. Duas notas, plim, plim, e silêncio.

Antes de sair, fui apanhar minhas palavras dentro do computador, coube tudo num único disquete. Roubei os Bandeiras da estante e tudo o que achei que pudesse ter a ver com ele, e disse estou pronto.

A lua nova é o avesso da lua que brilha no céu. A lua nova diz coisas em segredo. Meu avô me contou, lá em Petrópolis, que as noites de lua nova eram as melhores para se observar as estrelas. Montou sua luneta e me mostrou Saturno. Eu vi os anéis brilhando num disco luminoso ao redor do globo luminoso do planeta.

Quando Marisa foi me buscar no apartamento de Teresa, era noite de lua nova. Foi ela quem me disse, sem nenhum motivo aparente, talvez por uma súbita falta de assunto no meio do silêncio algo constrangido.

Mais tarde, sentei-me na porta daquela casa de vila, na Lapa, que ficava no alto de uma ladeira e tinha uma vista surpreendentemente ampla. Fiquei ali, insone, olhando a falta de lua, os aviões que chegavam ao aeroporto Santos Dumont e os que partiam. Que lições me davam.

A tuberculose foi uma data histórica, escreveu Bandeira a Mário de Andrade. *Antes da doença fui dinâmico como um futurista italiano, verdadeiro azougue, sarcástico, remendador (grande talento de comediante), agressivo, sem maldade de coração mas com muita maldade intelectual. A tísica pôs água nessa fervura toda.*

Quando você fosse fazer, Teresa, uma inevitável pesquisa sobre a doença de Manuel Bandeira, quem sabe na internet, descobriria que a tuberculose, ou consumpção, ou febre héctica, mal dos peitos, moléstia-magra, mal de secar, a tísica de antigamente, é uma doença infectocontagiosa causada pelo bacilo de Koch — *Mycobacterium tuberculosis*. A disseminação é pelo ar. O sujeito respira o bacilo, que rapidamente se multiplica. Se o corpo não der conta, se instala então a tuberculose primária, com os nódulos nos pulmões. Com o tempo, os bacilos escavam no pulmão as cavernas tuberculosas. Com frequência elas inflamam, e o doente expectora pus e sangue. Além da tosse, sofre de dores no peito, suor noturno, febre, perda de peso, falta de apetite e de disposição.

Esse era um Manuel Bandeira. Um deles, que Teresa pesquisaria, sem dúvida, mas ela mesma me havia dito que tinha muitos mais. Qual deles Teresa escolheria? Qual dos outros?

Marisa acordou junto com a aurora. O céu estava vermelho e fazia frio. Eu sentia minhas mãos geladas. Ouvi fogos de artifício lá longe, em algum morro, traficantes anunciando a chegada de drogas ou qualquer coisa assim. Lembrei-me de alguém que conhecera anos antes, um músico que tocava numa favela com sua banda heavy metal, contratado pelos traficantes, e recebia o pagamento em cocaína.

A madrugada era uma grande rosa cor de carmim e eu estava completamente sóbrio quando por fim senti as mãos de Marisa em meus ombros, puxando-me para casa e para si. Beijei seus olhos, o nariz, a sobrancelha com as bolinhas prateadas (eram tão pequenas!) e a outra sobrancelha, os lábios grossos, a nuca. Subitamente eu precisava beijá-la muito, brisa Marisa de carne e osso na aurora, terracota e carmim. Minha história não precisa de mais surpresas. Não quero um final revelador. Não vou morrer tísico nem bêbado. Naquele momento, tudo o que eu queria estava em Marisa.

E beijei seu corpo todo feito de pequenos espaços, a ponto de me esquecer que aquele umbigo e aquele sinal sobre a omoplata esquerda e o antebraço de pelos arrepiados e os dois bicos escuros dos seios compunham um território maior.

O púbis não era como a água-forte do poema de Bandeira, preto no branco, mas, antes, um pássaro espalmado no turvo céu da madrugada. No meio do pente, porém, a concha bivalve, sempre, num mar de escarlate. Toquei-a, e nem sabia se já tocara outras mulheres antes, ou mesmo Marisa, porque estava completamente sóbrio e isso às vezes equivale a uma certa embriaguez.

O abraço de Marisa era quente, um primeiro verão. E suas mãos em meu corpo lidavam, ao contrário, com um todo. Marisa me abraçava como a brisa que sacode os cabelos das crianças, na praia. Um pequeno redemoinho fez com que estremecesse, e depois se largasse, quando aplaquei todas as minhas lições por aprender no caminho que me apontava o umbigo, para baixo, seu sexo igual às pequenas pevides dentro da maçã. Sentia meu próprio sexo endurecido contra o chão de tacos frios enquanto meu rosto se afundava entre duas margens idênticas, as duas ancas, as duas pernas, as duas metades da concha, o sexo de Marisa.

Puxei-a para o chão, e ela sentou-se em mim, mas por um instante ficou imóvel, e olhou para fora, para a pequena luz que entrava pelas janelas fechadas. Em busca de nada. Um gesto, só isso. Os tacos machucavam minhas costas, mas de algum modo aquilo também era prazeroso, igual aos dedos de Marisa apertando meus braços e minhas coxas enquanto ela se mexia, agora cada vez mais.

Quero ser feliz, quero me afogar.

Passei o dia sozinho, perambulando pela casa. Eu não sabia qual seria, a partir dali, meu estatuto. Será que eu e Marisa éramos um casal outra vez? Ou será que fora apenas piedade, compaixão (minha por ela, dela por mim), a pequena morte da madrugada vermelha?

No final da tarde, apanhei um livro qualquer na estante baixa que envolvia a sala num abraço. Entre duas páginas havia uma pequena aranha esmagada. Encostei o nariz, tinha cheiro de amendoim. Será que os pequenos insetos, depois de mortos, cheiram a amendoim ou seria apenas o perfume da morte velha, que passou e já se foi? Coloquei o livro sobre o sofá, deitei-me no tapete da sala e dormi.

Em sonho, veio-me a estrela. Era uma estrela colombina muito alta no céu, era Vésper, era a estrela-d'alva ofuscando minha vida no céu sem lua. Eu pedia aos meus amigos e aos meus inimigos, implorava, precisava daquela estrela, e que não me pedissem maiores explicações, precisava dela como fosse, precisava alcançá-la antes que o sol nascesse e ela sumisse do céu. Vi, então, que a estrela se espelhava na água de um mar calmíssimo. Qual das duas seria a mais verdadeira? Talvez fosse o céu quem espelhasse a marinha estrela da manhã, meu refúgio e minha perdição. Bastava nadar até ela. Bastava mergulhar nela.

Quando comecei a perder o fôlego, Marisa chegou. Sorria. Convidou: vamos comer um filé à Osvaldo Aranha no Nova Capela, e fomos.

A estrela e o anjo

Naquela noite, à mesa do Nova Capela, lembrei-me dos shows do Circo Voador, Toninho Horta, o Rumo, o Premê, Hermeto Pascoal. Lembrei-me de uma amiga de adolescência que costumava ir comigo, quase sempre usando um chapéu-coco e uma saia roxa, estilo feira hippie. Mas depois a memória foi recuando um pouco mais porque o Circo Voador equivalia à minha adolescência, e adolescência é uma época de que ninguém gosta de se lembrar — no meu caso, foi como estar física e emocionalmente dentro de uma casa de espelhos que me deformavam até doer.

Vou te contar uma história de quando eu era menino, disse eu a Marisa, quase certo de que não a havia contado antes.

Ela deu um gole em seu chope. Devia estar cansada, apertava os olhos.

Aconteceu quando eu tinha uns oito ou nove anos. Minha madrinha morava numa vila no subúrbio, um lugar feio, cinzento, mas eu adorava ir visitar porque na vila havia uma porção de gatos. De todas as cores. Eu gostava de ficar olhando os gatos andando devagar, dormindo devagar, até a pressa deles era devagar. No final da vila, tinha esse prédio, era um prédio de uns três andares, sem elevador. Ao lado dele, uma torre com uma escada em caracol. Em cada andar da torre tinha uma janelinha oval, sem vidro nem nada, era só uma abertura na parede. Eu costumava brincar na escada, escondia-me ali com os meus carrinhos, às vezes algum menino da vizinhança vinha brincar comigo. Mas nesse dia eu estava sozinho. Subi a escada até chegar na janelinha do terceiro andar. Sem esperar nada, sem nenhuma intenção, nem boa nem ruim, enfiei a cabeça ali. Bem ao lado dessas janelinhas ovais ficavam as janelas da sala dos apartamentos, e naquela tarde a moça do terceiro andar estava passeando lá dentro, as cortinas abertas, inteiramente nua. Eu nunca tinha visto uma mulher nua antes. Fiquei tão atônito que nem consegui sair do lugar. Não sei se ela era feia ou bonita, magra ou gorda, branca ou morena, só sei que tinha cabelos compridos e escuros e que estava nua, andando pela sala, indo e vindo. De repente ela me viu, deu um grito, eu senti o coração na garganta. Imaginei que mais tarde ela iria me denunciar e eu receberia uma baita duma bronca. Mas isso não aconteceu. Também não voltei à janelinha do terceiro andar, nunca mais. Esqueci ali um dos meus carrinhos, um fusquinha verde de fricção, que eu adorava, e não tive coragem de voltar para pegar.

Marisa sorriu. Nós dois sorrimos. E de repente eu queria Marisa nua, de novo, outra vez, uma pequena morte, só isso, mais nada.

Vamos embora daqui, ela disse, e enquanto esperávamos que o garçom trouxesse a conta ficamos vendo a loura oxigenada na mesa ao lado descascar o esmalte vermelho de suas unhas compridas.

Acordei com uma sensação que se aproximava do bem-estar. Marisa já tinha saído para o trabalho. Eram dez e pouco. Fui até a porta da frente espiar o jardinzinho oriental lá fora.

Deu vontade de andar um pouco, vesti uma camisa e saí pela Joaquim Silva, passei diante da escadaria do Convento de Santa Teresa, aquela em que o chileno Selarón incrustou uma infinidade de azulejos de todas as partes do mundo, subi a escadaria por nada, só para ver as dezenas de banheiras de louça que servem de canteiros de plantas, nos dois lados, e para ver o azulejo que é o meu preferido, aquele sem desenhos, mas com as palavras *Sing like there is nobody listening*. Depois desci, fui andando pela travessa Mosqueira, fugi dos carros e segui pela rua do Passeio até a Cinelândia, o pequeno universo paralelo da Cinelândia, com seus engravatados, suas executivas, seus estudantes, seus mendigos, seus bêbados, seus vendedores de artesanato e de livros e discos usados, seus milhões de anônimos, alguns ambiciosos. Ali estavam também os camelôs, demiurgos de inutilidades, com os falsos bonecos Max Steel feios que nem a peste, havia canetas, CDs falsificados, e um deles vendia até uma perereca verde que nadava numa bacia, movida a corda.

Segui pela Rio Branco, deu fome e parei para comer um sanduíche naquele bar que fica no meio da rampa do edifício Marquês do Herval, entre o solo e o subsolo. Entre o burburinho das pessoas lá em cima e o burburinho quase nenhum das páginas lá embaixo, nas muitas estantes da Leonardo da Vinci. Depois continuei, toda a vida, até a Sete de Setembro, e fui parar na Praça XV. Uns garotos andavam de skate na frente do Paço Imperial, e os pombos, muitos, já nem se assustavam.

Mais tarde, choveu. O céu opaco era como uma pintura feita com nanquim sobre papel de arroz, veios cor de chumbo em meio a nuvens mais claras. Eu voltava a pé para a casa de Marisa, o vento encheu de poeira os meus olhos e tive de fechá-los. Quando fechei, esqueci dos olhos e percebi que o vento vinha de toda parte. Raspava meus braços, minha nuca, meu rosto. Sacudia as pernas da minha calça e colava o tecido da camisa às minhas costas, depois ao meu peito. E silenciava um instante. Em seguida soprava de novo em meus ouvidos, como se fosse o bater de asas que só se adivinhavam, sem se deixar ver.

Fazia calor, apesar de estarmos em junho, aquele calor cheio de expectativa que às vezes antecede as grandes chuvas. Não era possível que todas as pessoas em todas as partes da cidade não estivessem pensando exatamente aquilo, largando papéis sobre as mesas de seus escritórios, pedindo que seus interlocutores telefônicos aguardassem um instante na linha, tirando o pé dos aceleradores de seus carros, desviando os olhos de suas telas de computador, de suas turmas de alunos, de seus professores, de seus chefes, de seus subordinados, de seus clientes, desligando suas furadeiras elétricas e seus liquidificadores, interrompendo seus abdominais e suas pedaladas, suas pinceladas, suas manobras de skate, deixando no ar o dedo prestes a baixar sobre a pele do pandeiro e guardando na garganta a última nota da ária. Ia chover. Muito. E sabê-lo era quase como ter uma espécie de déjà-vu às avessas, era uma antecipação. Uma profecia.

Senti o cheiro da chuva antes de ela chegar, era um cheiro acre. Depois ouvi os estrondos dos trovões. Depois finalmente abri os olhos e vi a malha fina descendo aos poucos, devagar. Algumas pessoas correram para baixo das marquises dos edifícios, outras aceleraram o passo, outras abriram seus guarda-chuvas. Nos meus pés enroscava-se um redemoinho feito de poeira, folhas mortas, guimbas de cigarro e papéis amassados.

Lembrei-me do conto em que o sujeito perambulava pelas ruas do Centro e queria ensinar as prostitutas a ler. Lembrei-me do dentista que fingia levantar e baixar a cadeira apertando o meu nariz, quando eu era criança, e cujo consultório ficava por ali. Lembrei-me de que em breve Marisa estaria em casa, e de repente meus passos ficaram urgentes, sem ligar para as poças que já tinham se formado porque afinal eu estava inteiramente ensopado. Na verdade, eu tinha todos os motivos menos um para ser triste, mas o cálculo das probabilidades, como já havia escrito Manuel num poema, era uma pilhéria.

Uma vez perguntei a Teresa se ela se levava a sério. Como escritora. Perguntei isso antes dos prêmios. Não era uma pergunta ofensiva, e ela entendeu. Mas me respondeu que não sabia. Eu precisei a pergunta:

Você escreve por quê? Por necessidade, algum movimento interno? Porque acredita em alguma coisa? Porque não acredita em nada? Ou é subjetivo, cem por cento?

Subjetivo cem por cento.

Tem aquele negócio de uma angústia diante da página em branco?

Não.

Escrever é prazeroso?

Você está parecendo repórter. É e não é. Escrever é escrever. Olha, lê isso daqui.

Ela me passou um livro grosso de capa prateada, atravessado por uma faixa cor-de-rosa. Eu li o que ela me indicava. Era um trecho de uma carta de Bandeira ao Mário: *Aporrinhação + presunto + ovo estalado + caninha de Angra dos Reis + café + charuto + chuvinha miúda = felicidade perfeita.*

Acreditei ter entendido um pouquinho mais de Teresa, mas então mais tarde Teresa saltou n'água como a rã do haicai de Bashô, plop. Teresa morreu, plop. Não sei se a balança ficou estável.

Normal que Marisa achasse normal todo aquele meu abatimento, e normal que também achasse normal o fato de eu agora estar aparentemente me recuperando. Tinha sido trágico, súbito e inesperado, mas tudo não passara de um namoro de oito meses, afinal de contas. Não havia filhos para criar, todo um passado a perder de vista capaz de alimentar uma interminável depressão. Isso era ser realista. Normal que Marisa pensasse assim, e por ora normal que eu deixasse Marisa pensar assim. Mas eu começava a achar que um dia teria que dizer a ela o que tinha visto, o que pensava, e talvez ela acreditasse que se tratava de um primeiro sintoma de loucura ou de alguma doença degenerativa com nome complicado, dessas que fazem as pessoas ouvirem vozes, verem vultos etc. etc. etc. Normal que acreditasse. Normal que eu, naquele momento, só quisesse me deitar nos braços mulatos dela, na cama desprotegida, na casa sem paredes internas.

No dia seguinte, o céu amanheceu azul, lavado pela chuva da véspera. Ainda havia poças d'água no chão quando acordei, bem cedo, antes de Marisa. Fui andando pela casa tentando não fazer barulho, a borracha dos meus chinelos gemia baixinho sobre os tacos de madeira. Saí para ver o pequeno jardim oriental brilhando com a memória da chuva que chovera durante toda a noite, até pouco antes da aurora. Um braço de sol se esticava por entre as duas casas ali em frente, por entre dois galhos da amendoeira em que os garotos da vila gostavam de trepar, e vinha bater dentro de uma poça d'água. A poça d'água estava dourada. A poça d'água era dourada. Primeiro ela se tinha feito de chuva, a água da chuva se juntou numa depressão da pedra e virou poça. Agora ela se fazia de sol, o raio chovia sobre a água na depressão da pedra e virava poça também. Uma poça de sol parado de onde nasceriam mosquitos brilhantes e onde as formigas morreriam com certa equivocada impressão de grandiosidade.

Passei a escrever no computador de Marisa. Seis volumes da *História da arte da Universidade de Cambridge* serviam de sustento para o monitor. Ao lado da mesa de trabalho havia uma porta que se abria para um pequeno pátio interno. O piso ali era um mosaico de pedaços de mármore unidos com cimento. A hera cobrira quase até o topo a parede lateral da casa vizinha, que terminava ali. Havia um canteiro daquela planta chamada camarão que dá uma flor amarela parecida, obviamente, com um camarão. Havia uma árvore-da-felicidade quase da minha altura dentro de um vaso originalmente pintado de branco, mas já bem descascado.

Minha mãe tinha uma árvore-da-felicidade. Ela gostava de plantas. Quando moramos em Petrópolis, depois que meu pai morreu, nossa casa era uma verdadeira floresta, ela me ensinava os nomes das plantas. Havia plantas fora e dentro de casa. Até no banheiro ela punha vasos com água de onde pendiam jiboias. Quando voltamos para o Rio, havia jardineiras em todas as janelas do pequeno apartamento que ela alugou para nós dois em Copacabana. Mas as plantas ficavam pretas de poeira e minha mãe ficava abatida. Minha mãe não tinha nascido para morar em Copacabana.

Em Copacabana também tínhamos hibiscos, como aquele de Marisa, e de vez em quando dava praga neles. Minha mãe borrifava inseticida e eu ficava com pena daqueles bichinhos miúdos e esbranquiçados, que mais pareciam feitos de algodão. Morriam todos. Ou eles ou o hibisco, dizia minha mãe.

Ao lado do computador, sobre a mesa, o porta-lápis de Marisa era um copo de papelão onde estava escrito New York Roasted Dalton Coffee Ltd. Um pouco amarelado pelo tempo. Na tela, as palavras não me pareciam minhas.

Eu escrevia, e ia lendo as letras que surgiam no papel virtual, sentia vontade de ficar olhando para aquelas letras até elas perderem qualquer traço de sentido. Vésper caíra na minha cama, e eu gritara seu nome três vezes, mas o desejo de Deus permanecia insatisfeito.

Um dos livros que levei de Teresa era aquele com trechos de jornais da época da Semana de Arte Moderna. Abri a esmo e li, de *A Cigarra*, 15 de fevereiro de 1922: "O acontecimento mais interessante destes últimos tempos foram as festas que se realizaram no Teatro Municipal com o nome de Semana de Arte Moderna, em que tomaram parte, o que leva notar, pessoas de grande responsabilidade em nosso meio artístico. O êxito, encarado ele sob o ponto de vista futurista, que é absolutamente oposto ao ponto de vista de todos, foi completo, isto é, foi um fracasso". Li também, de *O Estado de S. Paulo*, 18 de fevereiro: "Precisa-se de um moço honesto que saiba fazer versos futuristas. Exige-se um atestado de ignorância".

Estava sendo como um idílio. Naquela tarde, uma tarde tão sem nada de especial, uma tarde de junho na Lapa, no começo do século XXI, havia esfriado bem. Céu nublado, mas sem chuva. Marisa chegou mais cedo do trabalho porque tinha passado dois dias em São Paulo. Trouxe um presente para mim, um livro que achou num sebo, era sobre o modernismo e tinha uma dedicatória (para outra pessoa) assinada pelo próprio autor.

Aquilo me pareceu o auge absoluto do sucesso: ter um livro num sebo, com a dedicatória de próprio punho. Uma vez ouvi um estilista falando do auge da moda, o auge da moda era quando as coisas chegavam aos camelôs — os tais demiurgos de inutilidades. Era parecido. O livro saía da estante, viajava, ia para a rua. Passava a ter vida.

Estou colaborando para você virar escritor, disse Marisa, que sabia do meu novo e escancarado interesse por Manuel Bandeira.

Não vou virar escritor.

Mas você anda digitando umas coisas por aí, no computador, que eu sei.

Não é nada sério. Eu mesmo não levo a sério.

Ela não retrucou com um previsível posso ler?, sabia que se eu quisesse mostrar, mostrava, ela não precisava pedir. E que se não quisesse mostrar, o pedido ia me deixar constrangido.

Então estou colaborando com isso aí que você não leva a sério.

Depois ela fez café. O cheiro do café aninhou-se em todos os cantos da casa sem paredes. Fiquei do lado dela, observando, e continuei observando quando ela apanhou um vasinho com umas margaridas, que estava na cozinha, e tirou as flores secas cuidadosamente, depois levou essas flores secas para um potinho de cerâmica com outras flores e folhas secas que enfeitava a pia do banheiro. Fiquei olhando as costas de Marisa, na minha frente, e o seu rosto, e o seu peito coberto pela camisa masculina, refletidos no espelho. Ela levantou os olhos e encontrou os meus, no mesmo reflexo, no mesmo instante que no entanto já era outro porque ela sorriu, e depois outro, porque ela baixou os olhos e se virou de frente para mim.

Desabotoei a camisa masculina e os seios pequenos de Marisa tinham cheiro de café. Tinham gosto de café. Ou então era pura ilusão, mais uma vez — toda essa poesia de um mundo que não existe. Todas essas imagens capazes de rasgar o papel e cair no vazio. Será? Ela esticou o braço e a mão encontrou uma forma de se insinuar por entre o cós da calça e a minha barriga, e desceu, sempre, até decidir que estava exata. Quando ela virou a cabeça um pouco de lado, as duas bolinhas da sobrancelha viraram duas estrelinhas prateadas, vertiginosamente despencadas do céu.

Eu não sabia se era para levar cem por cento a sério. Aquelas atividades todas. Sexo, Marisa, Bandeira, latim, todas aquelas inúmeras tentativas. Uma estrela, e meu anjo da guarda. Deus e seu desejo insatisfeito. Mas muito obrigado, Marisa, pelo livro. Lá dentro do livro encontrei uma bela reprodução de *O homem amarelo*, de Anita Malfatti, e outra bela reprodução da *Colombina* de Ferrignac. Mário de Andrade dedicou um soneto ao quadro de Anita, depois de um estranhamento inicial, e acabou por comprá-lo.

Eu contei para Marisa: Lá em São Paulo eles tinham esse grupo, Mário de Andrade, Tarsila do Amaral, Pagu, Anita Malfatti, Oswald de Andrade. Anita, dizem, acabou apaixonada por Mário, e Mário acabou apelidado de Miss Macunaíma por Oswald, entre outras rixas mais, e Oswald, que preferiu o angu de Pagu, acabou enxotado pela mulher, Tarsila, e Tarsila, que despertara uma paixão em Mário, acabou odiada por Anita, que nunca mais conseguiu pintar nada que prestasse depois que Monteiro Lobato acabou com ela numa crítica.

Mostrei para Marisa a aquarela de Ferrignac, naquele livro, ainda hoje eu guardo comigo. Vimos a aquarela da esguia colombina de roupa colada ao corpo, as bolas azuis e marrons da roupa, a enorme gola cor de laranja e os olhos profundos, negros.

O que eu não daria por um beijo de colombina, um beijo que fosse me resgatar do idílio, intervalo, que sabia ser impermanente. Na verdade, o que eu já não tinha dado por um beijo de colombina, e então.

Dez dias antes da morte de Teresa, uma revista foi fazer uma matéria com ela, entrevista e fotos em Mangaratiba. Claro, revista nenhuma queria fotografar um apartamento de dois quartos em Vila Isabel, e mesmo que a casa em Mangaratiba não fosse nenhum Castelo de *Caras* havia a praia, havia as amendoeiras e os coqueiros. Teresa ficou parecendo despojada nas fotos. Agradaria — como agradou.

E o que seria de Teresa, dali para a frente, eu me perguntava. O que estaria sendo gestado no futuro. Teresa gostou dos jornalistas e das câmeras fotográficas, que já tinham até transitado por sua vida antes, mas não com tanta intensidade. Gostou da viagem internacional com tudo pago, dos tapetes vermelhos, dos sorrisos e dos olhares que eram todos para ela. Gostou de ser gostada, de passar a ser descrita como a nova revelação literária brasileira e além disso jovem & bonita. De ser levada a sério. Seu futuro do presente L'Oréal.

Vai passar, pensei. Empolgação com a novidade. Um certo deslumbramento. Afinal ela é só uma escritora, e vai voltar a ser só uma escritora, e mesmo que enriqueça ela é sincera, e o que ama é seu texto, as palavras, as entrepalavras, os silêncios de seu papel virtual. Uma escritora honesta testando até que ponto é capaz de mergulhar em frivolidades sem se perder. Sem se afogar.

No fundo, eu achava que Teresa devia querer ser feliz no apartamento de dois quartos em Vila Isabel. Porque eu era. Feliz no tlec, tlec, tlec de seu computador, diante de uma piscina de água podre. E eu pensava: frivolidades — palavra tola, palavra frívola. Não eram frivolidades, eram? E quem era eu para separar o joio do trigo? Para decantar as águas onde ela nadava e decidir o que seria aproveitável, o que não?

Até porque Teresa tinha aquela capacidade: no dia da entrevista e das fotografias em Mangaratiba, mais tarde ela abriu uma garrafa de vinho branco e sentou-se no chão da varanda, me chamou e ficou em silêncio, ficamos em silêncio enquanto o azul do céu morria dentro da noite. Teresa tinha aquela capacidade de com sua simples presença quieta, calada, me fazer acordar. Para o azul do céu que morria dentro da noite. E nada mais tinha importância. E nada transbordava. E as coisas eram tão pequenas e justas, e o que era indiscutivelmente grande era grande e justo, mas nunca era grande demais. Não acendemos logo as luzes, naquela noite. Ficamos nos demorando na varanda, dois vultos escuros e indefinidos enquanto os mosquitos chegavam, famintos.

Poema do beco

O dicionário dizia que idílio podia significar poema curto, ou poema de tema bucólico, ou mesmo amor delicado, ou ainda devaneio, fantasia.

Um idílio, escrevi, navegando entre acepções ao gosto do freguês. À moda da casa. Mas que me importavam a paisagem, os fogos de artifício, a Glória, a Lapa, a baía, o Santos Dumont e seus aviões, a linha do horizonte? O que eu via era o beco. Um idílio, e também o beco. Perto demais de meus olhos, não conseguia fechá-los nem ao dormir, parece que eles estavam para sempre e permanentemente abertos, e o beco estaria para sempre grudado na memória dos meus olhos. O dicionário dizia que beco podia significar ruela, às vezes sem saída, ou dificuldade, ou situação desesperadora.

Cheguei da rua, tinha ido correr. Pelas ruas da Lapa até a pista do Aterro, por entre as colunas do MAM. Aquela estrutura arejada, cheia de vãos, sempre me fazia bem, assim como o enorme gramado de ondas, em dois tons de verde, e as pedras, a vastidão, o mar ali em frente, povoado de barcos, com suas velas e, às vezes, bandeirolas coloridas, o rugido dos aviões que decolavam bem perto, as palmeiras, os paus-mulatos no meio do gramado de ondas.

Tirei a camiseta empapada de suor e pus em cima da pia do banheiro e me sentei sobre o vaso tampado para descansar um pouco. O suor começou a escorrer da camiseta pelo mármore verde da pia, e por sobre as portas de madeira do armário sob a pia, até formar uma pequena poça no chão. Fiquei olhando a camiseta encharcada, um monte disforme e branco, e o riacho de suor.

Um dia aquela folga acabaria, pensei. Eu voltaria para os alunos de latim, para o cotidiano de minhas aulas no seminário. E tudo bem. E talvez então fosse possível fechar os olhos?

Levei a camiseta suada para a área de serviço e pus para secar sobre o tanque. Perto da torneira havia uma barra de sabão de coco já quase no fim. E uma escova de dentes muito usada que talvez servisse para lavar os tênis de Marisa. Um inseto caiu no chão da área de serviço, caiu de costas e ficou agitando as patas, tentando se virar. Me pareceu um barbeiro, apanhei um pé de chinelo e joguei sobre o inseto. Um líquido marrom explodiu para fora de seu corpo, mas ele continuou mexendo um pouco as patas. Peguei o chinelo, um segundo golpe, o movimento parou. Virei o inseto para ver as asas, não era um barbeiro.

Na sala estava o livro que Marisa tinha me dado. E uma leve náusea que só descobri ao me sentar numa cadeira e apanhar o livro. Náusea de medo, de aversão, mas também de desejo — esse desejo pela vida, que a gente carrega, independentemente de tudo o mais. Amor delicado, devaneio, fantasia. Mortes cotidianas no beco.

Vi o retrato de Bandeira pintado por Cícero Dias, outro pernambucano. Li que antes de pintar esse quadro ele tinha feito sua primeira exposição no Rio, com desenhos e aquarelas. Alguém tentou destruir a navalhadas uma das obras. Depois Cícero Dias fez aquele painel famoso, *Eu vi o mundo... ele começava no Recife*, vândalos destruíram parte da obra. E lá estava Bandeira de novo, no busto de bronze feito por Celso Antonio. E lá estava também a *Mulher ajoelhada*, sem a nobreza do bronze, mas com a grata simplicidade do granito cinza. Fiquei olhando para ela. As formas plenas. As mãos pousadas nas coxas. Cabelos compridos, partidos ao meio, caindo sobre as costas. A cabeça um pouco inclinada para a frente. Uma expressão simples no rosto, de tranquilidade, um meio sorriso, os olhos baixos.

Mas se o que eu via era o beco. E agora tão de perto. Tão contundente, tão beco.

Na rua Morais e Vale, Manuel Bandeira viveu durante alguns anos. Mário de Andrade se disse, numa carta, profundamente chocado com a partida de Manu do Curvelo 51, onde morava antes. Escreveu: *O Curvelo 51 fazia tanto parte do você meu que a notícia da mudança me fez sofrer realmente. Sofri em mim e sofri por mim, com esse você perdido nos ares, feito um desses voadores de Cícero Dias, cujo sentido a gente jamais consegue aferrar totalmente. Você é suficientemente elevado pra não zangar com o que vou dizer, mas meio que você ficou sem caráter.*

Bandeira respondeu que a mudança foi uma lição, que lhe deu um calor reconfortante de vida nova, de independência, de irresponsabilidade.

Uma carta a Mário marca o fim da época na Lapa: *O abaixo-assinado tem a honra de lhe comunicar que mudou a sua residência para a Praia do Flamengo nº 122, edifício Maximus (não se faz por menos!), apartamento 415, tel. 25.1924 (mais difícil de reter e discar do que o antigo).*

Pegando um mapa, a gente vê a Morais e Vale, começando na Joaquim Silva e terminando na Teixeira de Freitas. Era muito, muito perto dali, daquela vila inclinada onde ficava a casa de Marisa. Mas eu sempre evitava a Morais e Vale, sempre dava voltas para não ter que ver sequer a esquina.

Era difícil parar de pensar naquilo. Os sobrados, o lixo, os paralelepípedos, as portas, as janelas, a pintura descascada. O céu curto. Na memória, na alma, o que eu via era o beco.

Então, aconteceu. Eu estava diante do computador de Marisa olhando ora para a tela e suas palavras subitamente embaralhadas, ora para as lombadas invertidas dos seis volumes da *História da arte da Universidade de Cambridge* que serviam de base ao monitor. A arte de ver a arte. A Idade Média. O Barroco e o século XVII. Grécia e Roma. A arte do século XVIII. O Renascimento. Ali, a história efetivamente deixara de ser linear. Mas em primeiro lugar ainda vinha a arte de ver a arte. A arte de ver. De destapar os olhos.

Alguma coisa machucou a sola do meu pé descalço. Puxei a perna para olhar. Um pequeno e imperfeito cone de vidro. Querendo cortar a minha carne. Querendo cumprir o destino dos cacos de vidro. Pela manhã, eu tinha quebrado um copo na cozinha. O caco migrara, sabe-se como, e horas depois insinuava-se sobre a pele grossa do meu pé descalço, querendo-se dorzinha aguda, um bocadinho de sangue.

Na noite anterior, eu sonhara com uma viagem num barco, através de um rio muito comprido. Um rio de água salgada. Nas margens, havia uns bares bem humildes com piscinas de água doce instaladas em uns varandões de cimento. Eu atracava e comprava alguma coisa para comer e beber, e pagava para poder tomar um banho de água doce. Depois a viagem passou a ser a pé, eu estava descalço, entrava numa loja de souvenirs para comprar uma igrejinha de barro, mas a vendedora quebrava sem querer cada uma das igrejinhas de barro que eu escolhia.

Apanhei o pequeno e afiado cone de vidro, joguei pela janela e logo depois me arrependi, porque outra pessoa podia acabar se ferindo. Mas o mais provável era que a chuva fosse levá-lo dali, enterrá-lo no jardim de alguém, e dali a cem anos (provavelmente duraria mais que isso — eu já tinha lido, num desses panfletos ecológicos, que uma garrafa de vidro levava um milhão de anos para se desfazer) o caco de vidro seria somente uma pequena memória pulsando no centro da Terra. Memória de um copo, memória de um corte, cadáver do vidro — um pequeno fóssil que nenhum arqueólogo viria a desenterrar.

Marisa chegou com o jornal e nuvens no rosto. Já estava escuro. Tínhamos combinado de ir naquela noite ao cinema. Já estava escuro. Eu diante do computador, brilhava a tela e brilhava um abajur que eu acendera, ao lado, aquele abajurzinho antiguidade que Marisa tanto prezava, com a moça em seu gesto art nouveau, com seu corpo art nouveau, segurando a cúpula de cristal azul. Não era mais preciso ser absolutamente moderno, dizia a moça sob a cúpula, num sorriso pálido. Não era mais preciso ser, absolutamente.

Você viu, perguntou Marisa, segurando o jornal dobrado.

Não.

Ela não me estendeu o jornal. Virou o rosto de lado, fitando alguma coisa que era só para ela. Depois me olhou em cheio, mas o olhar era trêmulo.

Não sei o que pensar, disse ela. Estou o dia inteiro sem conseguir trabalhar, sem conseguir comer, e não sei o que pensar. Não consegui te ligar mais cedo porque não era coisa para telefone, e não deu para sair mais cedo do trabalho. Toma. Vou lá para fora.

Apanhei o jornal. No outro plano, lá atrás, a moça art nouveau era menos que um enigma, e tudo bem se as palavras sujavam a tela branca do computador.

Os cabelos estavam um pouco mais curtos. Mal chegavam aos ombros. E ela, bem pálida. Dizia a legenda da fotografia: dada como morta por afogamento no litoral de Mangaratiba, escritora reaparece semanas depois. Sobre a foto, em letras pretas demais e grandes demais, o nome de Teresa, na manchete. Primeira página.

Um pequeno cone de vidro no coração. Abri as páginas do jornal como quem ingressa num labirinto. Como quem acorda e se lembra de que sim, de que havia uma tragédia, de que havia muitas tragédias na cabeceira. Senti o tato gelatinoso do ar. A vertigem escorregadia do mundo, a fantasia do mundo. Nesse instante o telefone tocou, e ninguém foi atender, nem eu, nem Marisa, e a campainha soou várias vezes, como se prenunciasse alguma coisa fora dali, longe dali. A campainha telefônica, lâmina, cortava como um pequeno cone de vidro afiado.

Era para acontecer, é claro. Faltava apenas o anjo anunciador e ele já estava havia um bom tempo com seu cartão de ponto na mão, esperando. No meio de tudo, achei um sorriso, e era o meu pior sorriso. Li a reportagem de meia página consciente do ruído ridículo do ar entrando em minhas narinas, saindo de minhas narinas. Do coração bombeando rápido demais o sangue. Do sangue se esvaindo pelos buracos feitos pelos cones de vidro em várias partes do meu corpo.

O que eu estava lendo ali era a certeza de todas as dúvidas. Parei para pensar naquele paradoxo que era como o olho do furacão. Ter todas as dúvidas era, na verdade, ter uma certeza. Não saber coisa alguma ainda era um lugar no mundo, um lugar viável. E duvidar da dúvida ainda seria dizer sim. Por mais que eu me esquivasse das cristalizações, haveria sempre um lugar, um canto anterior aos demais, onde eu teria que parar. Como naquela brincadeira de criança em que a gente grita estátua! e o outro tem que ficar imóvel no mesmo instante. Um passo atrás, outro passo atrás. Estátua! Era essa a grande perversão.

Agora, eu teria que falar, as palavras já estavam roçando o céu da minha boca, já estavam alfinetando minha língua, já estavam afinando o tom da minha voz. Mas eu ainda queria ir ao cinema. Larguei o jornal porque eu queria rever o personagem do filme girando naquele brinquedo de parque de diversões, girando, a força centrífuga colando seu corpo à parede circular da engenhoca, e o fundo sumindo, e mais nada, só a velocidade e o silêncio de tantos ruídos misturados.

Marisa não disse nada. Estava em pé na varanda, apoiada numa das colunas, e nem tirara a bolsa do ombro. Passei por ela e disse agora não, agora eu preciso ir ver o filme. Depois, mais tarde. Ela sorriu um sorriso que não era bem um sorriso, era mais uma pequena contração dos músculos do rosto, acho que não queria dizer nada.

Tem certeza, ela perguntou.

Eu não respondi, só saí andando pelo cimento machucado da vila, meio tonto.

Tempo-será

Poucos meses antes, Teresa e eu passeávamos a pé em plena Presidente Vargas. Trânsito interrompido por causa do desfile das escolas de samba. Havia uma fila interminável de imensos carros alegóricos, tudo tão suntuoso e brilhante, tão espetacular e excessivo, era impossível vê-los e não sentir uma emoção enraizada lá na infância.

Contei para Teresa, um dia meu pai ganhou de um cliente, no fim do ano, um negócio incrível. Era uma espécie de luminária, sei lá, com uns espetos prateados, a gente ligava aquilo na tomada e o troço ficava se mexendo com um monte de luzes coloridas. Eu devia ter quatro, cinco anos. Nunca me esqueci. Achei que era a coisa mais bonita que tinha visto na minha vida. E meus pais diziam, a gente não vai colocar isso aqui em casa, é muito cafona. Eu não sabia o que queria dizer cafona, mas não conseguia entender como é que eles podiam não gostar daquela maravilha de luzes e cores e brilhos.

Eu olhava para os carros alegóricos, para uns tigres imensos, para uns dragões e umas divindades com peitos enormes. Passavam por nós uns foliões, engraçado usar essa palavra tão de antigamente, foliões, eles iam desfilar nas escolas e vinham com enormes penachos na cabeça, coloridos, prateados, dourados, de repente senti uma vontade enorme de estar na pele deles.

Sentados no meio-fio ou em cadeiras de praia, vendedores ofereciam cerveja, água, refrigerante, churrasco no espeto, cachorro-quente e aqueles letais x-tudo, em carrocinhas prateadas com vidros sujos ou na porta traseira das kombis. Camisetas com as estampas das escolas de samba, ou apenas registrando, Carnaval no Rio. Adereços para os foliões, uma expressão mais de antigamente ainda. Faixas para o cabelo, tudo o que comportasse paetês, lantejoulas, purpurina. Umas batidas de coco, de limão, de maracujá. Cachaça à beça.

Passavam uns turistas vermelhões. Passavam muitas falsas louras e algumas louras verdadeiras. Crianças. Passou uma adolescente maravilhosa, muito negra, quase nua num top e numa microssaia que ela precisava ficar puxando para baixo de vez em quando, e todos os homens do ônibus engarrafado na outra pista da avenida puseram a cabeça para fora e chamaram, clamaram por ela. Passou um grupo que cheirara a metade do pó disponível na cidade. Passou um homem com aqueles óculos que tinham sobrado do réveillon, os quatro algarismos do ano novo, um zero para cada olho. Meio Elton John e inteiramente bêbado. Me deu saudade do Angu do Gomes, das épocas de Circo Voador, será que eu achava Angu do Gomes em algum lugar?

Sentei-me no meio-fio com Teresa, para olhar, e compramos batida de coco. Talvez eu depois quisesse comer um x-tudo, sanduíche que canibalizara o *cheese* e regurgitara, economicamente, a letra xis.

X-tudo é engraçado, disse Teresa.

Tem um político, acho que é um vereador, chamado Uóston, eu contei, e soletrei.

Só funciona no Rio, ela observou. Uóxton. Nos outros estados, ele seria Uósston, aí tudo estaria perdido.

Me contaram de um sujeito que botou o nome da filha de Suzidarling. Porque ele era motorista de um ricaço americano que tinha uma mulher chamada Susie, o resto você imagina, o patrão dizendo Susie, *darling*...

Teresa riu, depois olhou para o céu e disse está parecendo que aí vem chuva.

Tomamos mais batidas de coco e eu não comi o x-tudo, embora soubesse que mais tarde ia me arrepender. Depois voltamos para Vila Isabel a pé, uma longa caminhada via Praça da Bandeira e Maracanã.

Deixei os personagens do cinema no cinema, no preto e branco do filme, e agora, agora sim minhas mãos suavam frio assumidamente. Todas as questões óbvias me acertaram o rosto como chuva de vento, forte e fria. Tudo o que dizia respeito às questões práticas, tudo o que agora vinha à tona junto com Teresa, afogamento às avessas.

Eu e Marisa saímos da sessão e um acordo tácito e silencioso nos fez ficar um pouco na livraria, em meio aos anestésicos de papel. Peguei um livro a esmo, e o livro falava de Mallarmé e os três poderes fundamentais de sua poesia, segundo ele mesmo, a solidão, o recife e a estrela. A solidão essencial do poeta moderno. O recife onde ele ia a pique, fracasso. A estrela, realidade inatingível, a estrela impossível, seu norte e seu fim.

Qualquer coisa servia para mim, naquele momento. Fiquei olhando uma camiseta com a pintura da artista plástica famosa estampada. Depois, os sorrisos das Marilyns Monroes coloridas de Andy Warhol, num chaveirinho. Gastei um bom tempo examinando os ímãs de geladeira e os cartões-postais com fotos de atores e atrizes de cinema. Ainda suava frio. Não queria as palavras, e acho que Marisa também não, Marisa olhava os CDs, mas olhava rápido demais, passava-os um a um entre os dedos como uma secretária procurando uma ficha num arquivo, com pressa e nervosismo.

Finalmente eu fui segurar sua mão, precisava fazê-lo, e a levei embora dali. Entramos no carro, eu liguei o rádio.

Para onde nós vamos, Marisa perguntou. Você quer ir para casa?

Um silêncio curto. Você é quem sabe.

Um silêncio longo. Eu não sabia. Mas o carro foi seguindo bem-treinado, parou em todos os sinais vermelhos, passou as marchas quase que imperceptivelmente, acatou as fechadas sem se irritar e só buzinou uma vez. As músicas foram se seguindo no rádio, baladas e mais baladas. Eu não estava gostando daquelas músicas e não sei por que o rádio continuava ligado e sintonizado naquela estação. Já estávamos chegando à Lapa quando Marisa disse olha, vamos tomar alguma coisa ali naquele bar antes de ir para casa, tudo bem?

Tudo bem.

Alguém teria que inaugurar o assunto. Atirar a primeira pedra. Foi Marisa, sob a luz mortiça do bar onde havia poucas mesas, seis ou sete fregueses falando em voz baixa e, no teto alto, um paquidérmico e adorável ventilador.

Você vai voltar para o apartamento dela?

Não, eu disse. E dessa vez o quase sorriso que se desenhou no rosto de Marisa, vento desarrumando de leve uma duna de areia, não era desprovido de significado.

Mas as notícias. Você vai telefonar, vai procurar por ela.

Fiquei calado. As notícias. Depois de algum tempo, confessei: Marisa, há algumas coisas que eu preciso te contar, só não sei se hoje, só não sei se agora.

Ela fez que sim.

Quando você quiser.

Nem sei se tenho certeza dessas coisas que preciso te contar. Deixa passar alguns dias.

Mas e ela, Teresa?

Deixa passar alguns dias.

Está bem. Eu só não entendo.

O quê?

Se ela não morreu, como foi que só agora descobriram.

Eu não disse nada. Anjos sussurravam embaixo da nossa mesa. Bebemos alguns chopes conversando também nós em voz baixa, com poucas palavras, sobre coisas que tinham acontecido muito antes. Lembramos sem nostalgia de nossa época de faculdade, dos amigos daquela época, de uns episódios miúdos e inofensivos. Depois fomos embora.

Deixamos o meu carro sobre o meio-fio, como sempre, porque na vila de Marisa não havia garagem. Subimos a ruazinha inclinada ouvindo os latidos dos cachorros, lá longe, e às vezes os barulhos de uma televisão ligada. Ao chegarmos à varanda de Marisa, uma lagartixa subiu às pressas a parede e foi se aquietar lá no teto, num canto. Na casa vizinha estavam ouvindo The Who. Eu me lembrei da ocasião em que ganhara um disco do The Who, talvez uns doze ou treze anos antes, em uma promoção da Rádio Fluminense. Quis dar o disco de presente para a garota que estava namorando na época, a Adriana, e fomos os dois, eu e a Adriana, de barca até Niterói buscar o disco na rádio, e depois nos sentamos numa padaria lá perto e tomamos cerveja e comemos biscoitos doces. Eu não me lembrava tão bem assim dos detalhes do rosto da Adriana, mas era recentíssima no paladar a estranha combinação de cerveja com biscoito doce. E a baía prateada no final da tarde, e o cheiro do óleo que a barca queimava, sobretudo na hora de atracar.

Marisa estava séria. Havia alguma coisa completamente errada em tudo aquilo, ela sabia. Mas felizmente Marisa era Marisa, e sua preocupação era apenas aquele delicado enrugar das sobrancelhas. Tirou o casaco e só então eu notei que usava a camiseta de linho e renda que comprara durante a nossa viagem à Bahia, tantos anos antes. Com botões transparentes nas costas. A pele de Marisa, aquele milagre, parecia quase encerada. Ela tirou os sapatos, deixou na sala, foi para o banheiro. Quase sempre deixava a porta aberta. Ouvi-a urinar e dar descarga, depois ouvi o chiado do jato d'água, na pia. Ela voltou para a sala, sentou-se do meu lado no sofá, com as pernas encolhidas, e passou o braço sobre o meu ombro. Encontrou uma mecha de cabelo na minha nuca e ficou brincando com ela, enrolando, desenrolando. Depois disse vem, vamos para a cama.

Fizemos um sexo confuso, porque eu estava pensando em Teresa, claro, e ela também, e o pensamento doía, excessivo, grande demais. Mas no meio do sexo confuso tive a ilusão de poder fazer aquilo durar para sempre, desmanchar-me no meio de Marisa, e de repente as coisas mudaram. Continuaram confusas, mas de um confuso cristalino, como se eu mergulhasse no sorriso-areia de Marisa e descobrisse, em meio às ondulações, os grãos. Um grão. Um pequeno e cristalino grão de areia. Muito abaixo talvez das ondas do mar, onde a realidade se limitasse àquilo: areia. Sentei-me na beira da cama e Marisa estava no meu colo, suficientemente alta para apoiar os antebraços em meus ombros e apertar minha cabeça com as duas mãos, suficientemente perto para que eu apanhasse seus seios não só com a boca, mas com o rosto inteiro, testa, nariz, queixo. Uma de minhas mãos estava atrás, entre as suas nádegas, dizendo que era aquele mesmo o ritmo, quase frouxo, quase lento, segurando-a de leve, e a outra mão tentando massageá-la como ela gostava, ali onde ela gostava. Ela respirava bem perto da minha orelha. Alguma coisa me arranhou muito de leve, talvez um brinco. Ela segurou minhas costas, depois minhas coxas, depois colocou as duas mãos entre as minhas virilhas. Areia. Puxou de leve minha língua com os lábios. Areia.

Entre o meu desejo e a palma da minha mão a distância é enorme. Acho que um dia eu também serei feliz, mas a Eternidade... a Eternidade brinca de tempo-será.

No meio da noite, depois de ter dormido talvez umas três ou quatro horas, eu me levantei, completamente insone. Não acendi nenhuma luz. Fui para a sala e liguei o computador, Marisa não se mexeu. Um bipe eletrônico me deu as boas-vindas protocolares.

Até hoje não tenho um computador. De repente isso me parece talvez bem importante, comprar um computador, dar o meu endereço eletrônico para alguém e ingressar num mundo que também se pesa em arrobas. Mas que coisa mais idiota de se dizer. Não sou contra nem a favor de tudo isso. Não tem importância. Nenhuma importância.

A tela do computador projetava seu halo luminoso não muito potente pela sala. Fiquei alguns minutos com os olhos baixos, passeando os dedos e os olhos pelos meus livros que eram de Teresa.

Estava tendo dificuldade em manter meus olhos focados. Lá na cama, oculto pelo tático desnível do piso, por um biombo de vime e pela enorme palmeira, sabia que o corpo de Marisa estava quente embaixo do edredom. E sabia que lá fora, na rua, o asfalto estava frio, e as pedras das calçadas, o cimento das calçadas, as fachadas dos sobrados, quase todas tão feias e tão outras. Talvez os sinais de trânsito estivessem piscando amarelos, numa espécie de dormência também eles. Ouvi o barulho do caminhão de lixo passando. Lembrei-me do cheiro do lixo acumulado nas enormes lixeiras cor de laranja. Desliguei o computador e esperei que meus olhos se acostumassem outra vez com a escuridão.

Amanheceu tão devagar. Amanheceu sábado, cinza-inverno, aquela cor rara, aquele espírito incomum. Amanheceu devagar e dolorosamente, mas descobri que no olho do furacão fazia silêncio. Existia um ponto, um ponto cego na confusão. Existia um núcleo, quando tudo mais era extremo, onde as folhas não giravam num redemoinho, onde as portas não batiam, onde as coisas não se pronunciavam. Talvez aquela fosse a única paz. O miolo da dúvida. As pequenas pevides do que não se dizia sim, não, nunca, para todo o sempre.

Amanheceu e eu pensava nela. Nela, Teresa, Marisa, o mar e a brisa e o espírito de Deus sobre a face das águas. Eu me lembrava de alguma coisa vagamente. Abri uma janela e diante de mim havia uma piscina de água podre, e também os aviões do Aeroporto Santos Dumont, e também o beco. Alguém me beijou a nuca. Eu tomei Marisa pela mão e disse vem.

Mas tão cedo assim?

É. Precisa ser logo.

Ela vestiu uma camisa jeans por cima da camiseta de malha. Uma calça comprida. Calçou um par de tênis.

Vamos demorar?

Não, eu respondi.

Ela olhou para fora, para o céu. Acha que precisamos de um guarda-chuva?

Fiz que não com a cabeça.

Talvez pela noite maldormida, tudo parecia de plástico. O latido de um cachorro ecoou entre meus ouvidos como se eles estivessem entupidos ou cheios d'água. Pensei nas palavras dela. Como foi que só agora descobriram. Tinha a impressão de que se empurrasse com força os muros, as paredes das casas, tudo viria abaixo, feito cenário de filme. Um imenso mundo cenográfico.

A rua Morais e Vale ficava bem perto. Bastava seguir pela Joaquim Silva na direção do trânsito, até o final, para desembocar naquele intervalo de casas esquecidas, de sobrados tristemente profanados diante do chão de paralelepípedos imundos, a memória da cidade desincumbindo-se de guardar com carinho o poeta Manuel Bandeira, que tinha morado ali. Havia pouca gente. Diante do número onze, com sua fachada de azulejos roxos, porta e janelas verdes, um menino descalço estava sentado no meio-fio. O número doze tinha uma janela inteiramente coberta de cimento e outra coberta até a metade. Junto ao hotel que ocupava o número 45, a porta de um sobrado tinha recebido um recheio de tijolos, era como um implante esquisito e ainda em carne viva. Mostrei a Marisa o número oito.

Está vendo ali, aquela janela?

Apontei para as duas enormes abas de madeira pintadas de creme, abrindo-se numa fachada de pedra, por trás de uma sacada que ia de um extremo a outro. Era o sobrado que estava em melhor estado, embora me parecesse ter perdido um ou outro detalhe de sua arquitetura original.

Estou, ela respondeu.

Uma semana depois do acidente em Mangaratiba, você sabe, o afogamento, uma semana depois eu vi Teresa naquela janela.

Silêncio. Marisa olhou para mim, olhou para a janela. As poucas pessoas que passavam pela rua olhavam para nós dois.

Mas os jornais disseram que ela ficou no hospital, Marisa falou. Um hospital público em Mangaratiba. Até recuperar os sentidos. Você não leu?

Claro que li. Encontrada no meio de umas pedras, sem sentidos. Uns pescadores levaram para o hospital público. Estava em coma. Ninguém sabia quem era. Até que ela acordou. Quem contou tudo isso foi ela mesma, Teresa.

E confirmaram a história, no hospital.

É o que estou tentando te dizer. Ela não estava em hospital nenhum. Eu vi Teresa naquela janela ali.

Você deve ter confundido com outra pessoa.

Não confundi. Fiquei esperando. Fiquei em pé aqui na esquina, aqui atrás deste poste, até as minhas pernas e os meus pés começarem a doer, aí ela saiu. Eu não me escondi, mas ela não me viu, foi na outra direção. Estava de óculos escuros, com os cabelos presos, e não estava sozinha. Eu teria podido fazer confusão com um rosto na janela, mas não com Teresa de corpo inteiro, andando, e além do mais eu conhecia a pessoa que estava com ela.

E quem era?

A outra Teresa. A Teresa que foi sua companheira antes de mim.

Você conhecia?

De fotografias. Vi algumas. E ela apareceu bastante nos jornais e na televisão, depois do que aconteceu. Teresa não estava sumida. Nem estava no hospital. Estou te dizendo que ela estava aqui, nesta rua, neste sobrado, o número oito.

Ela passou a mão pelo reboco de uma parede, que descascava, no que parecia um afago.

E por que ela teria feito isso?

Foi o que me perguntei durante todo esse tempo. Mas esta noite eu pensei em todo o destaque na mídia, na vendagem alta de seus livros, depois que ela foi dada como morta, e ainda mais daquela maneira trágica, e ainda mais todo mundo se perguntando se tinha sido acidente ou afogamento, e toda aquela história de jovem-bonita-e-promissora, as pessoas adoram essas coisas, pensei nisso, e uma hipótese me passou pela cabeça.

Você acha que foi pela carreira? Pelo sucesso?

Acho. Não sei. Acho que sim. Não sei.

Mas isso é coisa de maluco. Isso é coisa de novela, de filme, de livro, sei lá. Ninguém faz isso na vida real. As pessoas não são tão maquiavélicas assim.

Fiquei calado. Queria dizer para Marisa que ela estava enganada, queria lhe contar que a vida imitava a arte que imitava a vida e etcétera e tal, que novelas e livros e filmes eram a vida real, e ponto.

E por que aqui, ela perguntou.

Talvez alguma coisa a ver com seu novo romance. Ele morou aqui, Manuel Bandeira. Nesta rua. Acho que eu já te disse isso. E ela ia escrever sobre ele, acho que também já te disse isso. Quem sabe se mudou para cá.

Mas e quanto a você?

Ficamos em silêncio. Penso agora na pergunta que Marisa me fez e à qual eu não respondi. Mas e quanto a mim. Acredito que eu tivesse motivos para ficar em silêncio, para calar-me em reticências. Afinal, como responder àquela pergunta, mas e quanto a mim?

Paremos para pensar. Oito meses, um sujeito que ela conheceu numa festa, mas e daí, todo mundo conhece todo mundo em festas, e daí se eu morei na casa dela, as pessoas moram mesmo umas nas casas das outras durante a época que dura um beijo longo, um desejo mais ou menos sério, um amor mais ou menos grave, uma dependência mais ou menos explícita, uma conveniência mais ou menos impune, e daí se ela morreu ou não, se cometeu o suicídio ou não, se foi ser feliz ou não, comigo ou com a outra Teresa ou com ninguém?

E quanto a mim. E quanto a mim, eu não sabia. Não tinha como saber. Não tinha como me apossar dos mistérios daquela mulher como me apossara de seus livros de Manuel Bandeira. E sabia que tínhamos em nós uma paleta, que ia do branco ao preto e novamente ao branco, passando por todas as nuances possíveis de cor. No mais, tudo eram combinações. Matizes, preferências, impossibilidades. E a água da chuva continuava correndo dentro das canaletas dos telhados, do alto para baixo, como sempre.

Era ela. Que estava ali. Na rua de Manuel Bandeira. Uma mulher de um poema de Manuel Bandeira, com o nome de um poema de Manuel Bandeira. E por que me abandonou em mar aberto, por que o silêncio, por que a mentira, por que a ausência e o rosto estampado no jornal?

Se novelas e livros e filmes são a vida real, esta vida talvez valha menos do que as páginas que escrevo, que nem chegam a ser livro, que nem chegam a ser, que fazem as vezes de grandes reticências costuradas de forma talvez um pouquinho prolixa. Como se o preto das letras pudesse num certo momento vir a se coagular, e sobrariam três pontos, depois nem isso, três grãos de areia, três gotas de água salgada.

Eu e Marisa continuamos em silêncio. Ela decerto não me levava a sério. Não muito a sério, pelo menos. Ela decerto achava que eu devia tomar o café da manhã, talvez fazer mais sexo, talvez tirar umas férias, talvez procurar a ajuda de um profissional, fosse qual fosse a verdade, apenas para me curar da confusão e organizar tudo como naquelas linhas do tempo que minha turma de escola costumava fazer: cada coisa com seu tracinho respectivo, em seu lugar respectivo, necessariamente depois de alguma outra e antes de uma seguinte. De preferência, com cores para distinguir grupos genéricos (na escola, era o azul para os fatos políticos, o amarelo para os nomes de personalidades, o rosa para fatos relevantes da filosofia e da arte, como a publicação de *A utopia*, nunca me esqueci disso porque foi quando todos nós aprendemos que utopia queria dizer projeto irrealizável, eu tinha doze anos). Talvez fazer uma longa viagem ao exterior, quem sabe da Terra do Fogo até o Canal do Panamá, uma longa viagem. Talvez fazer um filho ou adotar um filho.

Mas as coisas, os fatos, seguem suas próprias leis independentemente de nossas linhas coloridas do tempo. Independentemente de nossa recusa em fazer linhas coloridas do tempo. E o que ela pensava não tinha importância. O que eu pensava, em última análise, não tinha importância.

Pierrot branco

Num quarto pobre de hotel, ao lado de um talher, está uma maçã. E um livro de Manuel Bandeira, o *Estrela da vida inteira*. Esta é a minha vida. Olho pela janela, e o que será que vejo?

Como foi que só agora descobriram. No meu quarto de hotel há uma estante de livros. Tenho alguns dicionários e gramáticas de latim, tenho livros sobre o modernismo no Brasil (o assunto me interessa) e um livro com um capítulo dedicado à moda do piercing. Tenho livros de música que falam sobre Pixinguinha, Tom Jobim, João Gilberto e Stravinski. Tenho alguns livros sobre arquitetura e urbanismo. Alguns romances e contos do fim do século XX. Tenho um livro sobre plantas, que era da minha mãe. Tenho até uma planta no meu quarto, uma bromélia de folhas avermelhadas que já me mandaram jogar fora por causa dos mosquitos da dengue. Até que minha vizinha de quarto me ensinou: coloca uma colherinha de borra de café. Resolve.

O hotel fica no Estácio. Seguindo para um lado, chego à Lapa. Para o outro, a Vila Isabel. Tenho todas essas coisas, mas também a natureza do que é frágil. E no fundo minha história (a que conto, a que vivo) é como um texto que subitamente explodisse, e as frases se desconjuntassem, as palavras se desconjuntassem, as letras, os pedacinhos das letras. Quando isso acontece, para onde vai a alma do texto?

Uma resposta: porém. Sou um pierrô branco e febril, de coração aflito, só isso.

Uma das vistas de minha janela também pode ser esta, que agora imagino: um pátio de escola, à tarde. Paredes laterais verdes e chão verde, marcado com um círculo cor de vinho bem no meio e com as linhas brancas, amarelas e azuis da quadra polivalente. Dois garotos de doze, treze anos, sozinhos, num canto. Uma guitarra vermelha e branca que um deles dedilha com agilidade, o som distorcido, por um instante tenho a impressão de que vou ouvir Jimi Hendrix tocando o hino dos Estados Unidos. Também seria possível.

Agora vivo num quarto de hotel, porque era assim que teria que ser. Ou talvez o agora seja o antes de tudo porque as histórias não precisam ter começo, meio e fim, talvez eu vivesse num quarto de hotel antes de tudo e talvez o que chamo de tudo não tenha sido, em última análise, nada.

Mas todas as coisas possíveis estão lá fora. Creio que conversei com Teresa, faz dois dias. Creio que gritei, finalmente, todo o meu amor explícito, ingênuo, obsoleto. Creio que conversei também com Marisa, ontem. Creio que ouvi, em sua voz, o marulho e o afago da brisa. Ela quis meu endereço, eu não dei. A Teresa, eu pedi que por favor, por favor anotasse meu endereço e o telefone do hotel. Mas essas são apenas coisas possíveis. Formas de embaralhar o mundo, as letras, as palavras, e achar que escrevo alguma coisa, como agora acho que escrevo num bloco vagabundo de papel, com um lápis de ponta rombuda, as minhas memórias de outra pessoa.

Como foi que só agora descobriram. Como foi que eu me cerquei de nomes, ocupações, diplomas, oratória, orientação sexual, salário, e cheguei a acreditar que tudo era para valer. Que as coisas tinham consistência.

Manuel Bandeira recebeu prêmios, muitos, como o Moinho Santista, em 1966. Sobre esse prêmio ele fez pilhéria, numa entrevista: *Como amigo do Rei, protesto, para um poeta com 80 anos de idade são conferidos apenas 2 milhões de cruzeiros, enquanto dois jovens, Dori Caymmi e Chico Buarque de Hollanda, recebem cada um 20 milhões.* Quando Bandeira morreu, às doze horas e cinquenta minutos do dia 13 de outubro de 1968, acho que encontrou Mozart no céu.

O mar de Mangaratiba ainda multiplicava suas pequenas ondas. Quando o sol já estava se pondo, como naquele momento, o reflexo virava uma trilha de prata quase insuportável aos olhos. As cigarras não cantavam nas amendoeiras porque não era sua época, que pena. Não seria possível ouvi-las e ver as carapaças que deixavam grudadas nos troncos quando precisavam fabricar uma outra maior, aquelas pequenas e delicadas cigarras sem cigarras, ainda presas pelas patas.

Oi, Boy, eu disse, quando ela se aproximou.

Ela parecia surpresa em me ver. Automaticamente, nós dois levantamos os olhos para ver um avião que voava baixo. Boy sentou-se ao meu lado, na areia.

É, parece que estou de volta, eu disse.

Por quê?, ela poderia ter me perguntado, com os olhos sonolentos. Com certeza não foi para matar as saudades, nem para buscar a meia dúzia de cuecas e camisetas que devem ter ficado por aqui.

De fato, não foi por isso. Acho que foi para terminar essa história que estou escrevendo.

E para que terminar?

Não tem motivo. Assim como não tive motivo para escrever. No começo pensei no mais óbvio, pensei que era para arrumar a casa, para dar ordem à confusão. Mas agora estou vendo que não foi por isso. Se você pensar bem, se você for desfiando as coisas que fazemos em busca de motivos, vai encontrar um oco no final da linha. Não há motivos para as coisas que fazemos, nós fazemos, é só isso.

Isso também vale para Teresa?

Claro que sim.

E o que você acha que aconteceu?

Não acho nada.

Ela está na ordem do dia. Quero dizer, jornais, tevê, tudo o mais.

É verdade, está mesmo.

Boy se deitou, deixou a cabeça em pé, olhando sempre na direção do mar. Ficamos um bom tempo em silêncio. Longe dali alguém estava pregando alguma coisa com um martelo, ouvimos os golpes quase sussurrados. Aos poucos, chegou o vento. O sol já tinha sumido, mas o céu guardava a claridade na memória, uma espécie de escuro pálido. Naquele momento, meu único lamento era ainda não ter visto uma aurora boreal. Não ter visitado o Polo Norte e visto o sol arranhar o horizonte e subir outra vez. Boy fechou os olhos e deitou a cabeça sobre as patas.

Opções, pensei naquela palavrinha. Pensei em outras palavrinhas que designam as definições que fazemos de nós mesmos para esquecer que somos espuma (como a pequena sereia de Andersen, no final do conto). Um, dois corpos, três, dez, espuma, espuma, sexos seios costas, peitos lisos e musculosos, tudo tão vago. E o que mais, opções, opções, opções profissionais, opções por uma cidade, um bairro, uma rua, uma marca de café ou de papel higiênico (ou de guardanapos ou de vinho), uma religião ou não, um piercing na sobrancelha ou não. E se você se esquecesse de fazê-las, essas opções? E se você deixasse os quadradinhos em branco, sem o compulsório xis (tudo)? Quem é que estava olhando, verdadeiramente, quando aquele homem barbeava-se pela manhã, ou quando aquela criança roubava uma bala no supermercado, ou quando aquela mãe de família se masturbava no meio da tarde, deitada em sua cama de casal, pensando no corpo de outra mulher?

Lembrei-me do azulejo dizendo *Sing like there is nobody listening*. Senti frio. Talvez fosse o vento. O momento certo ia chegando em meio ao escuro pálido, e era tão suave. Suave como acordar no meio da noite abraçado ao corpo de uma amante e não lembrar em que momento surgiu o abraço.

Uma vez certo físico famoso sugeriu que o universo era feito um grande pensamento. Queria contar isso a Boy, mas ela agora estava dormindo. Era uma frase que Teresa teria gostado de pôr na boca de um personagem. Então, ali estava. Tudo aquilo era por ela e para ela.

Teresa estava em casa. Por isso eu deixara o carro em outra rua, no condomínio, e fora até ali devagar, em silêncio. Conhecidos me viram. E daí, eu não estava fazendo nada de mais. E Teresa, lá, sozinha em casa, uma pequena ilha, cercada pelo sono.

Pensando bem, já estava mesmo na hora. Quer dizer, na hora de arranjar um fim para aquela história.

Aí, me vem a ideia. Procuro uma pedra, não é difícil encontrar uma do tamanho de minha mão. Vou colocar a pedra sobre as folhas manuscritas, para que não voem, mas não agora. Por via das dúvidas, vou escrever de novo o endereço do hotel, onde estão as outras folhas, onde estão os disquetes com os trechos que foram escritos nos dois computadores. Os trechos do meu livro não livro.

Quem sabe Teresa pode pegar as folhas reais e virtuais e fazer delas um romance? Quem sabe este pierrô abandonado não passa de um personagem a trafegar meio sem jeito pelo enredo que ela, autora, colombina, já traçara de antemão? Quem sabe Teresa pegue folhas reais e virtuais e enfie todas numa lata de lixo, sem raiva e sem amor?

Nas ondas da praia, nas ondas do mar, finalmente pinga a primeira estrela. Não quero perdê-la outra vez. Agora tenho certeza de que posso alcançá-la.

Tiro o casaco, a calça e os sapatos. A água do mar talvez esteja um pouco fria, o que é bom.

Unidade

Teresa folheia o livro que encapou na véspera com plástico transparente. O livro está se desfazendo, mas como se livrar dele e comprar outro, como abdicar de tudo aquilo em que o livro, aquele exemplar específico, se transformou, com as orelhas, as anotações a lápis, as trilhas de marcador fluorescente, o amarelo que já emoldura algumas páginas? Nenhum outro *Estrela da vida inteira* lhe serve. Só aquele. Seu exemplar da décima quarta edição, 1987.

Ela levanta os olhos na direção da janela, lá na praia há um homem em pé, um desconhecido, olhando para as ondas. Ele está vestido, mas de repente começa a tirar o casaco, tira também as calças e os sapatos, e entra na água. Vai nadando até sair de seu campo de visão.

Teresa sorri e olha para João, que lê, deitado no sofá. No silêncio da tarde, as ondas tão suaves da praia marulham na sala, ali, em Mangaratiba. Por que ela não escreveu, em todo o livro, o nome de João, nem uma única vez? Aquele espécime curioso e adorável lendo alguma coisa em latim, para suas aulas ou por pura diversão. Transformou-o em narrador, ele ainda não sabe, ela não quis lhe contar nada sobre o livro até que tivesse terminado. Ele vai tomar um susto. Engraçado seu nome não ter aparecido, não foi de propósito. Aquele nome justo, João, que combina tão bem com ele. João não sabe que, ao longo de todos os doze meses que Teresa levou para escrever o livro, ele teve duas vidas, dupla personalidade.

Um ano, e em breve vão se completar dois daquela festa, Teresa se lembra. A festa em que João ficou bêbado feito um gambá e ela acabou levando-o em seu próprio carro para seu próprio apartamento, e no dia seguinte foi à padaria comprar uns pães para o pobre professor de latim que ardia de dor de cabeça. Será que, na festa, João achou mesmo que a cara de Teresa parecia uma perna? Ou será que achou que ela era a coisa mais bonita que tinha visto até então na sua vida? Os dois poemas, as duas versões de Teresa, convivem a uma distância de cinco páginas no *Estrela da vida inteira*.

Na tela do laptop ainda brilha a última página do romance. Será que pode chamá-lo de romance? Talvez seja uma novela. Um romance curto. Não importa. E qual será o título? Teresa anotou algumas opções. Pensou em *A estrela do beco*, pensou em *Um beijo de colombina*. Pode escolher mais tarde. Relê o parágrafo final e não diz nada, não faz nada além de folhear sem pressa e com carinho o livro que está sobre a mesa, ao lado do laptop, as poesias reunidas de Manuel Bandeira. Daqui a alguns instantes, dirá: João, terminei. E João deixará o livro em latim no chão e virá lhe dar um abraço, quem sabe os dois saiam para nadar.

Chegaste, e desde logo foi verão.

Teresa ainda não sabe se é um bom livro. Jamais saberá. Jamais terá critérios para avaliar aquilo que ela mesma escreve. Mas tampouco se deixará oscilar demais com o que os outros dirão. Isso porque as suas próprias palavras ficam, para ela, num lugar um tanto ou quanto inacessível. Teresa dificilmente será uma boa leitora de Teresa. O que não a impede de desfrutar daquela sensação de dever cumprido, de ter começado alguma coisa e chegado ao fim, como quando tem um monte de louça suja na pia e num outro momento, por obra de suas próprias mãos, copos limpíssimos e pratos tão brancos cintilam no armário.

Talvez gostem do livro. Talvez não. Gostaram dos últimos, e houve também aqueles prêmios, mas isso não quer dizer muita coisa, tudo se constrói e se desconstrói tão velozmente. De qualquer modo, gostem ou não gostem, isso já não lhe diz respeito — no máximo, ela pode se solidarizar com aquelas páginas por ora virtuais e desejar-lhes boa viagem. No máximo. As páginas virtuais vão se transformar em páginas reais que serão lidas aqui e ali, e um dia serão comidas pelas traças, pela umidade, por uma enchente colossal, pelo fogo, por algum elemento mais nobre e poderoso do que a literatura. Um dia, nem literatura haverá. Nem o nome de Teresa, nem seus livros.

Os índios navajo ensinam aos filhos que a cada dia um sol novo nasce e acaba, não se trata do mesmo sol. Teresa se lembra disso e a lembrança lhe traz uma espécie de urgência calma.

João, ela diz.

Hm.

Vamos nadar? Enquanto ainda tem sol?

Os dois saem de casa, vão andando pela areia seca, pela areia úmida. A água do mar talvez esteja um pouco fria, o que Teresa acha bom. Sua alma vem vindo, aos poucos, de muito longe. Ela olha para a superfície ondulante e escura, mas sabe que o que vê é só impressão. Sabe que lá dentro, em pequenas pevides, ou bolhas, estrelas, em pequenos silêncios, palpita a vida prodigiosa, infinitamente.

Nota

Os poemas de Manuel Bandeira que inspiraram a escrita deste romance se encontram no livro *Estrela da vida inteira* (14ª edição; Rio de Janeiro: José Olympio, 1987). São eles: "Chama e fumo", "Bacanal", "Pierrot branco", "Pierrot místico", "Sob o céu todo estrelado", "Camelôs", "Pneumotórax", "Teresa", "Madrigal tão engraçadinho", "Noturno da rua da Lapa", "Vou-me embora pra Pasárgada", "Estrela da manhã", "Poema do beco", "A estrela e o anjo", "Maçã", "Água-forte", "Última canção do beco", "Belo belo" (ambos), "Unidade", "Eu vi uma rosa", "Tempo-será", "Infância", "Lua nova", "Marisa", e mais as traduções de quatro haicais de Bashô.

Também me vali da leitura de parte de sua obra em prosa, como o relato autobiográfico "Itinerário de Pasárgada" — em que Bandeira transcreve o poema "Eu tinha uma choça, se ardeu-se (...)" —, incluído em *Poesia completa e prosa* (4ª edição; Rio de Janeiro: Nova Aguilar, 1977), e as

"Crônicas da província do Brasil" (In: *Seleta de prosa*, org. Júlio Castañon Guimarães; Rio de Janeiro: Nova Fronteira, 1997).

As outras duas obras que tiveram pequenos trechos citados no romance são a *Correspondência de Mário de Andrade & Manuel Bandeira* (org. Marcos Antônio de Moraes; São Paulo: Edusp, 2000) e *22 por 22: a Semana de Arte Moderna vista pelos seus contemporâneos* (org. Maria Eugênia Boaventura; São Paulo: Edusp, 2000).

FSC
www.fsc.org
MISTO
Papel produzido
a partir de
fontes responsáveis
FSC® C112738

A marca FSC® é a garantia de que a madeira utilizada na fabricação do papel deste livro provém de florestas que foram gerenciadas de maneira ambientalmente correta, socialmente justa e economicamente viável, além de outras fontes de origem controlada.

Este livro foi impresso
pela Lis gráfica para a
Editora Objetiva em
julho de 2015.